어린이를 위한 **경청의 힘**

어린이를 위한
경청의 힘

1판 1쇄 펴냄 2015년 5월 29일

지은이 구원경
그린이 유명희
편집 박경화, 최민경, 황설경, 유나리
마케팅 한아름, 양정아

펴낸이 하진석
펴낸곳 참돌어린이

주소 서울시 마포구 독막로 15길 3-13
전화 02-518-3919
팩스 0505-318-3919
이메일 book@charmdol.com
신고번호 제313-2011-157호
신고일자 2011년 5월 30일

ISBN 979-11-5828-083-3 64800

어린이를 위한 경청의 힘

구원경 지음 | 유명희 그림

참돌어린이

우리는 하루 종일 많은 사람들의 이야기를 들어요. 집에서는 가족들의 이야기를 듣고, 버스나 지하철에선 낯선 사람들의 이야기를 우연히 듣기도 해요. 학교에서 수업 시간이 되면 선생님의 말씀을 듣고, 쉬는 시간이면 재잘재잘 떠드는 친구들의 이야기를 듣기도 하지요. 또한 텔레비전이나 라디오를 통해 들리는 소리도 듣는답니다.

이렇듯 우리는 하루의 대부분을 사람들의 이야기를 듣는 데 쓰고 있어요. 말을 하는 시간보다 듣는 시간이 훨씬 더 많은 셈이지요. 하지만 우리가 이 많은 이야기들을 정말 귀담아 잘 듣고 있는 지에 대해선 생각해 볼 필요가 있어요. 대부분 한 귀로 듣고 다른 귀로 흘려버리고 있는 건 아닐까요?

대부분의 사람들은 '경청'에 대해 깊이 생각하지도, 중요하게 여기지도 않아요.

"말을 잘해야지, 잘 듣는 게 뭐가 중요해?"

"경청? 귀가 있으니 그냥 들으면 되는 거잖아?"

하지만 말을 잘하기로 유명한 사람들은 모두 경청도 잘 한답니다.

미국의 유명한 토크 쇼 진행자 래리 킹은 《대화의 신》이란 책에서 '말을 잘하지 않으면 인생에서 성공할 수 없다.'고 주장하며 다음과 같이 말했어요.

"말을 잘하는 사람이 되기 위해서는 우선 잘 듣는 사람이 되어야 한다"

즉 성공하려면 말을 잘해야 하는데, 그러려면 우선 경청할 줄 알아야 한다는 뜻이에요. 혼자서만 말을 잘한다고 해서 좋은 대화를 할 수 있는 것이 아니라, 상대방의 말을 잘 듣고 이해하며 공감할 줄 아는 사람이 대화를 잘 이끌 수 있답니다. 뿐만 아니라 경청을 하면 많은 것을 얻을 수 있어요. 친구 관계를 돈독하게 할 수 있고, 많은 지식과 정보를 배울 수 있지요. 훌륭한 리더도 될 수 있고요.

이 책에서는 경청을 중요하게 생각하여 성공한 열다섯 명의 위인들이 등장해요. 우리는 이들의 삶을 통해 경청의 중요성을 알고 경청을 잘하는 방법을 배워 볼 수 있답니다.

경청을 잘하는 사람이 되는 것은 무척 어려운 일이에요. 하지만 차근차근 배우고 실천해 나가면 어느새 상대방의 말을 경청하고 있는 내 모습을 발견할 수 있을 거예요.

자, 그럼 이제 마음을 열고 귀를 기울여 볼까요?

상쾌한 초여름에
지은이 **구원경**

차 례

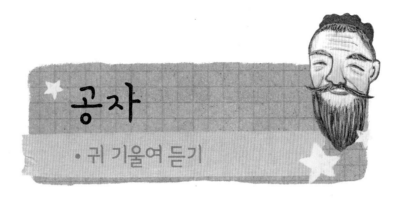

공자
• 귀 기울여 듣기

공자의 제자들이 가르침을 듣기 위해 공자를 기다리고 있었지요. 서로 대화를 나누는데 한 제자가 불쑥 말했어요.

"요즘 스승님께서는 수업하실 때 말씀이 별로 없으신 것 같소."

그러자 옆에 있던 제자도 맞장구를 쳤어요.

"나도 그렇게 생각했다오. 이전과는 다르게 우리에게 거의 가르침을 주시지 않는단 말이오."

몇몇 제자들 사이에서 불평이 오갔어요. 그때 한 제자가 흥미로운 이야기를 꺼냈지요.

"저기, 내 말 좀 들어 보시오. 글쎄, 얼마 전에 제자 대여섯 명이 스승님께

찾아가 불만을 말했다지 뭐요."

그 말에 갑자기 방 안이 술렁거렸어요. 한 제자가 물었어요.

"스승님께 무엇을 말했단 말이오?"

다른 제자들도 눈빛을 반짝이며 관심을 보였어요.

"그게……. 자기들이 생각하기에 스승님은 어떤 제자에게는 잘 가르쳐 주고, 어떤 제자에게는 잘 가르쳐 주지 않는 것 같다고 말했다 하오."

몇몇 제자들이 고개를 끄덕였어요. 그들도 공자가 자신이 아끼는 제자에게만 잘 가르쳐 준다는 생각이 들었기 때문이에요.

또 다른 제자가 궁금해서 못 참겠다는 듯이 물었어요.

"그래, 스승님께선 뭐라고 하셨소?"

"스승님께서는 '내 가르침을 받고 싶다면 너희는 내 말이 아니라 내 생활을 지켜보면 된다. 내가 말을 하지 않는 건 중요한 것을 가르쳐 주지 않으려고 하는 게 아니다. 시키는 대로만 공부하는 사람에겐 어떤 말로 가르쳐도 소용이 없기 때문이다.'라고 하셨다오."

다른 제자가 불평 섞인 목소리로 말했어요.

"그게 무슨 말이오? 시키는 대로 공부하는 것도 잘못된 거요?"

"스승님께서는 '스스로 열심히 해서 깨달으려 하지 않는다면 이끌어 줄

수가 없다.'는 걸 강조하신 거요. 그 말에 결국 따지러 갔던 제자들은 모두

꿀 먹은 벙어리가 되어 물러나왔다고 하오."

"과연 스승님이시오."

공자의 깊은 뜻에 감동을 받은 제자들의 태도가 숙연해졌어요.

"나라면 그냥 물러나지는 않았을 것이오."

그때 날카로운 목소리가 방 안의 분위기를 흔들어 놓았어요. 모든 제자들의 시선이 그 제자에게 쏠렸지요.

"물러나지 않는다니? 그럼 어떻게 한단 말이오?"

누군가가 물었어요.

"스승님께서는 같은 질문을 하는데도 늘 대답을 다르게 하시잖소? 나라면 그 이유도 물어봤을 것이오."

그 말에 한 제자가 퉁명스럽게 대꾸했어요.

"그야 당연하지 않소. 질문하는 사람의 수준에 따라 다르게 답해 주시는 것이니까."

"그건 나도 안다오. 하지만 어떤 때는 완전히 다른 말씀을 하실 때도 있다오."

"어떤 때 말이오?"

다른 제자들도 고개를 갸우뚱하며 대답을 기다렸어요.

"어떤 사람이 스승님께 '도리를 알았으면 바로 실행에 옮겨야 합니까?'라고 물었더니 '안 된다. 일단 아버지나 형제들과 상의하고 나서 실행에 옮기도록 해라.'라고 하셨소. 그런데 다른 사람이 질문했더니 '즉시 실행하라.'

고 대답하셨소."

"그거야 질문한 사람의 됨됨이가 다르기 때문에 그렇게 대답한 게 아니겠소?"

이야기를 듣던 제자들은 그 말이 맞다는 듯 고개를 끄덕였어요. 하지만 날카로운 목소리의 제자는 뜻을 굽히지 않고 계속 말했어요.

"그럴지도 모르지요. 하지만 어느 정도 정해진 뿌리는 있어야 하지 않겠소? 우리는 그것을 공부하려고 여기에 와 있는 게 아니겠소?"

"맞소."

몇 명이 고개를 끄덕이며 외쳤어요. 이제 제자들은 두 편으로 갈라져서 서로 목소리를 높이며 자기 생각을 앞다투어 말했지요.

그때까지 아무 말도 하지 않고 잠잠히 있던 증삼이란 제자가 조용히 일어나 차분하게 말했어요.

"여러분, 우리끼리 이럴 게 아니라 스승님께서 오시면 그때 여쭤 보도록 합시다. 스승님께서 곧 나오실 것이오."

증삼의 말에도 제자들은 이러쿵저러쿵 입씨름을 계속했어요. 증삼은 제자들이 스승님의 행동을 옳다 그르다 판단하며 말하는 것이 마음 아팠어요.

그때 마침 공자가 나타났어요. 제자들은 자리로 돌아가 예의 바르게 인사를 했어요. 나이가 가장 많은 제자인 자유가 좀 전에 나누었던 대화를 공자에게 조심스럽게 말했어요. 이야기를 다 듣고 나서 공자는 제자들을 한 차례 둘러보았어요. 그러더니 증삼을 보고 말했지요.

"증삼, 나는 오직 하나의 목적만을 이루려고 한다."

증삼은 공손하게 고개를 숙였어요. 그리고 확신에 차서 대답했어요.

"그렇습니다."

공자는 증삼의 대답을 듣더니 자리에서 일어났어요. 그러고는 밖으로 나가 버렸어요. 영문을 모르겠다는 표정을 짓고 있던 제자들이 증삼에게 모여들었지요.

"스승님의 이야기가 무슨 말이오?"

제자들은 모두 궁금한 표정으로 증삼을 쳐다보았어요.

"스승님께서는 그저 정성을 다하여 남의 마음을 헤아려 주실 뿐입니다."

증삼의 말에도 제자들은 이해하지 못한 눈치였어요. 증삼은 계속 말을 이었어요.

"여러분은 아까부터 스승의 가르침을 제멋대로 이야기하지 않았습니까. 질문의 답을 다르게 들려준다고 말이오. 하지만 스승님께선 여러분의 말을 경청하여 마음을 헤아리고 가르침을 주셨을 뿐입니다."

최고가 된 위인

　공자는 중국의 춘추 시대 노나라 사람으로 기원전 551년에 태어났어요. 공자의 성은 '공'이고, 이름은 '구'예요. 그런데 왜 '공자'로 불리는 걸까요? '자'는 높임을 받는 사람이란 뜻으로, 그 분야의 대가를 이르는 말이에요. 그래서 제자나 후세의 사람들이 존경의 뜻으로 공구를 공자라고 불러서 그게 이름처럼 굳어졌지요.

　공자는 어려서 아버지를 여의고 어머니 밑에서 자랐어요. 효자인 공자는 어머니를 돕기 위해 공부를 그만두고 일을 하려고 했지요. 하지만 어머니는 공자가 좋아하는 공부를 계속하기를 바랐어요. 그래서 공자는 어머니 덕택에 좋아하는 책을 마음껏 읽고 열심히 공부할 수 있었지요.

　공자는 스무 살부터 노나라 귀족 집안의 창고 관리원으로 일했어요. 창고를 관리하면서 저울질도 하고 숫자 계산도 하고, 때로는 가축을 돌보기도 했어요. 공자는 일하면서도 꾸준히 공부를 해 나갔지요. 그 결과, 공자가 학문에 뛰어나다는 사실이 널리 알려져 몇몇 사람들이 공자를 찾아와서 제자가 되겠다고 했지요. 공자는 가축을 기르는 마구간 옆에 자리를 잡고 제자들을 가르치기 시작했어요.

공자가 살았던 춘추 시대에는 제후들이 저마다 힘을 키워 스스로 왕이 된 뒤, 세력을 넓히려고 서로 싸우던 혼란스러운 시대였어요. 제후는 봉건 시대에 왕이 나누어 준 일정한 영토를 가지고 그 안에 있는 백성을 지배하면서 왕에게 충성하던 사람을 말해요. 그런데 왕의 힘이 약해지자 그 틈을 타서 스스로 왕이 되겠다고 일어난 것이지요.

공자는 이런 혼란스러운 세상을 '인'과 '예'로 바로잡아야 한다고 생각했어요. 인은 사람을 사랑하는 것이고, 예는 예절을 말해요. 공자는 제자들과 함께 나라들을 돌아다니며 다음과 같은 주장을 펼쳤어요.

"군주는 나라를 잘 다스리고, 신하는 왕에게 충성해야 합니다. 백성들은 부모에게 효도하고 군주에게 충성을 해야 합니다. 그래야 나라가 안정되고 잘 살 수 있습니다."

공자는 자신의 가르침을 배우고 싶다면 누구나 제자로 받아 주었어요. 제자들을 마주할 때에는 스승과 제자 사이가 아닌 함께 공부하는 동료로 대했지요. 또한 제자들에게 지식을 일방적으로 가르치기보다는 질문을 던져 제자가 대답을 궁리하며 스스로 깨닫도록 했어요. 공자는 제자의 말이라도 배울 점이 있으면 배우고, 자신의 잘못을 지적하면 고치려고 노력했어요.

이러한 모습 때문에 공자는 제자들의 존경을 한 몸에 받았지요. 공자에게 가르침을 청하는 사람들은 점점 늘어나 나중에는 제자가 무려 삼천 명이나 되었어요.

후에 제자들은 공자의 가르침을 널리 알리기 위해 공자와 제자들이 나눈 대화와 행동을 정리해서 책으로 펴냈어요. 그 책이 바로 《논어》이지요. 《논어》에서 공자는 경청에 대해 이렇게 말했어요.

"얼굴에서 입은 하나이고, 귀가 두 개인 까닭은 말하는 것보다 두 배로 잘 들어야 하기 때문이다. 사람이 태어나서 말을 하는 데에는 2년이 걸리지만 제대로 듣는 데에는 60년이 걸린다."

耳順
귀 이 순할 순

그래서 공자는 나이 예순 살을 '이순'이라고 말했어요. 이순이란 귀가 순해진다는 뜻으로, 공자는 예순 살이 되어서야 생각하는 것이 원만하여 어떤 말이든 이해하고 받아들일 수 있게 되었다고 말했어요. 그만큼 경청이 쉽지 않다는 뜻이지요.

공자는 자신의 가르침 중에서 경청을 중요하게 생각했어요. 세 사람이 함께 길을 가면 반드시 그중에 스승이 있다는 공자의 말처럼 상대가 누구라도 존중하며 그 말에 귀를 기울였지요. 공자를 본받아 경청의 중요함을 알고 그 뜻을 곰곰이 생각해 보세요.

경청의 의미를 알고 경청을 잘하고 있는지, 어떤 점이 부족한지 스스로 되돌아 볼 수 있어요.

경청이 무엇인가요?

❋ 경청과 듣기는 어떤 차이가 있을까요?

듣기는 말 그대로 소리를 듣는 것을 말해요. 즉, 수업 시간에 선생님 말씀을 듣거나 친구들의 이야기를 들을 때, 또 길을 지나가다가 우연히 낯선 사람들이 하는 이야기가 귀로 들어오는 경우이지요.

반면에 경청은 '잘 듣는 것'을 말해요. 선생님의 말씀을 귀 기울여 듣고 완벽히 이해했을 때, 친구의 말을 듣고 고개를 끄덕이며 공감할 때, 지나가던 사람들의 말이나 방송에서 나오는 이야기도 지나치지 않고 잘 새겨들을 때 그것은 단순히 '듣는 것'이 아니라 '경청한 것'이지요. 즉, 경청은 주의 깊게 듣고 그 말을 제대로 이해하는 것이에요.

나의 경청 실력 테스트

※ 질문에 체크해 보세요

나는 평상시에 경청을 잘하고 있을까요? 아래를 보고, 나의 행동과 일

치하는 항목을 찾아 ☐ 안에 표시해 보세요.

1. 바른 자세로 듣는다. ☐

2. 중요한 말은 메모한다. ☐

3. 상대방의 고민을 잘 들어 준다. ☐

4. 상대방의 눈을 바라보며 듣는다. ☐

5. 고민을 듣고 조언을 해 준 적이 있다. ☐

6. 상대방의 마음을 잘 헤아리며 듣는다. ☐

7. 상대방의 말을 끊지 않고 끝까지 듣는다. ☐

8. 고개를 끄덕이거나 맞장구를 치며 듣는다. ☐

9. 상대방에게 들은 이야기를 잘 기억할 수 있다. ☐

10. 무슨 뜻인지 이해되지 않을 때는 바로 물어본다. ☐

✳ 확인해 보세요

표시한 개수를 세어 본 뒤, 나의 경청 태도는 어떤지 확인해 보세요. 비록 경청을 못한다는 결과가 나왔어도 실망하지 마세요. 지금부터 경청의 중요성을 배우고 실천하면 되니까요!

0~3개: 경청을 잘하지 못하는군요. 다른 사람의 이야기를 듣기 싫어하거나 흘려듣는 버릇이 있는지 잘 생각해 보세요. 하지만 실망은 금물! 노력하면 경청하는 어린이가 될 수 있어요.

4~7개: 상대방의 말을 잘 들어 주는 어린이군요. 조금만 더 노력하면 경청을 아주 잘하는 어린이가 될 수 있어요.

8~10개: 나는야 경청왕! 상대방의 이야기를 경청하는 태도가 완벽해요!

세종 대왕

• 다양한 의견을 듣기

조선의 제4대 왕 세종은 고민에 빠졌어요. 바로 조세법 때문이지요. 조세는 나라의 살림을 꾸리기 위해 백성들에게 거둬들이는 곡식이나 돈 등을 말해요. 그동안 시행되었던 조세법은 관리들이 조세의 양을 정하여 걷는 방식이었는데, 관리들마다 정하는 기준이 달랐기 때문에 백성들이 내는 조세는 서로 일정하지 않았어요. 땅이 많은 부자가 조세를 적게 내고, 가난한 농민이 조세를 많이 내는 불공평한 경우도 있었지요. 그래서 세종 대왕은 백성들이 공평하게 조세를 낼 수 있도록 조세법을 바꾸고 싶었어요.

'먼저 젊은 선비들이 조세법에 대해 어떻게 생각하는지 알아봐야겠군!'

세종 대왕은 관리가 되려는 젊고 똑똑한 선비들의 의견을 듣기 위해 조세법과 관련된 과거 시험 문제를 냈어요. 세종 대왕은 젊은 선비들의 의견을 살펴본 뒤, 학자들과 새로운 조세법을 연구했어요. 그런 뒤, 조정 회의 때 기존의 조세법 폐지와 새로운 조세법에 대한 안건을 내놓았어요. 안건은 토의하거나 조사하여야 할 사실을 말하지요.

세종 대왕은 신하들에게 찬반 의견을 물었어요.

"새롭게 바꿀 조세법에 대해 그대들의 의견을 말해 보라."

세종 대왕의 질문에 신하들의 의견은 찬성과 반대의 입장으로 나뉘었어요.

"안건대로 법을 바꾸는 것이 옳습니다, 전하. 지금의 조세법은 관리가 마음대로 조세를 거두니 조세를 내면 남는 게 없어 먹고살기 힘들어하는 백성들이 많습니다."

"전하, 지금의 조세법도 문제는 없습니다. 게다가 조세법을 바꾸면 백성들이 헷갈려 할 것입니다."

새로운 조세법에 찬성하는 신하들과 반대하는 신하들의 의견이 팽팽하게 맞섰어요. 신하들의 이야기를 귀담아듣던 세종 대왕이 어명을 내렸어요.

"그렇다면 백성들의 의견도 들어 봐야겠다! 전국의 백성들이 새로운 조세법을 찬성하는지, 반대하는지 조사하도록 하여라."

이렇게 세종 대왕은 조선 최초로 여론 조사를 실시하였어요. 이는 매우 놀라운 일이었는데, 당시 나랏일은 왕이 신하들과 의논하여 결정했어요. 안건을 내면 신하들의 찬반 의견을 듣고, 그 안건을 실제로 행할지 결정했지요. 나랏일에 대해 백성들의 의견을 묻는 일은 없었어요. 하지만 세종 대왕은 언제나 백성들의 의견에 귀를 기울였기 때문에 최초로 여론 조사까지 한 것이에요.

전국적으로 실시한 여론 조사에는 5개월 동안 무려 17만 명의 백성이 참여했어요.

"나는 관리가 조세를 높게 정하는 바람에 억울하게 쌀을 많이 내야 했다고! 새로운 조세법을 시행하는 것에 찬성이야!"

"갑자기 바뀌면 더 혼란스러울 거야. 지금 이대로가 차라리 낫지."

새로운 조세법에 반대하는 의견도 적지 않았지만, 찬성하는 백성들의 의견이 더 많았어요. 하지만 세종 대왕은 찬성 의견이 더 많다고 해서 바로 법을 바꾸지 않았어요. 반대하는 쪽의 의견도 무시하지 않고 조세법을 계속 고치면서 더 많은 백성이 만족할 수 있는 조세법을 만들려고 노력했어요. 그렇게 여러 번의 검토와 수정을 거쳐 새로운 조세법이 완성되기까지는 무려 14년이 걸렸지요. 모두의 의견으로 만들어진 새로운 조세법은 조선의 조세 제도로 굳게 자리를 잡고 오랫동안 시행될 수 있었답니다.

최고가 된 위인

세종 대왕은 백성들을 무척 사랑한 임금님이었어요. 백성들에게 필요한 것과 중요한 것이 무엇인지 언제나 백성들의 이야기에 귀를 기울였지요. 세종 대왕은 백성들이 생활하는 데 불편함이 없도록 우리 고유의 글자인 훈민정음을 창제하여 누구나 쉽게 글을 읽고 쓸 수 있게 했어요. 뿐만 아니라 나라의 영토를 넓히고, 다양한 과학 기구를 제작하는 등 백성들이 살기 좋은 나라를 만들기 위해 노력했지요. 그중에서도 세종 대왕이 무엇보다 관심을 가진 것은 농사였어요.

'백성들이 먹고사는 데 가장 중요한 것은 바로 농사다. 농사를 더 잘 지을 수 있는 방법이 없을까?'

세종 대왕은 어떻게 하면 백성들을 배불리 잘 먹일 수 있을지 고민에 빠졌어요. 그래서 중국에서 들여온 책을 보며 직접 궁궐 안에다 농사를 지어 보았어요. 하지만 결과가 좋지 않았지요.

'중국과 조선은 날씨도 다르고, 땅의 질도 다르다. 그런데 중국의 농사책에 의존하여 무조건 농사를 짓는다면 어떻게 되겠는가? 이래서는 농사를 잘 짓기가 힘들구나.'

이때 세종 대왕의 머릿속에 기발한 생각이 떠올랐어요. 세종 대왕은 무릎을 탁 쳤지요.

'그래! 농사를 짓는 우리 백성들에게 직접 농사법을 묻고 이야기를 들어서 책으로 만드는 거야!'

세종 대왕은 당장 어명을 내렸어요.

"우리 땅에 맞는 농사법을 쓴 책을 만들어야겠다. 관리들은 전국의 농민들에게 직접 농사짓는 법을 묻고 자세히 듣고 와서 책으로 만들도록 하여라!"

어명을 받은 신하들은 전국을 다니며 농민들에게 농사짓는 방법을 들었

어요. 오랫동안 농사를 지어 온 경험 많은 농민들은 중국의 농사책에서는 찾을 수 없었던 우리 땅에 적합한 다양한 농사법을 이야기해 주었지요. 신하들은 농민들의 이야기를 귀담아듣고 글로 적었어요.

이렇게 농민들에게서 들은 농사법을 엮어 농사 교과서나 다름없는《농사직설》을 편찬했지요.《농사직설》에는 벼를 심는 방법이나 밭에 거름을 주는 방법, 농사짓는 도구들에 관한 설명이 자세히 쓰여 있어요. 세종 대왕은《농사직설》을 전국의 관청으로 보내 백성들이 참고할 수 있게 하였어요.

"자네, 소식 들었나? 농사를 잘 짓는 법을 알려 주는 책이 나왔다더군."

"그런 책이 있단 말이야? 그 책을 보면 올해의 농사는 걱정이 없는 건가?"

"여기서 이러지 말고 당장 관청으로 가 보세!"

백성들은《농사직설》을 보고 농사를 짓기 시작했어요. 덕분에 이전보다 많은 작물을 거두어들일 수 있었답니다.

세종 대왕은 다른 사람들의 의견에 귀를 기울여 다양한 생각을 듣고, 나라를 위한 더 좋은 결정을 내릴 수 있었어요. 사람들의 의견 하나하나를 경청했던 세종 대왕처럼 어떤 결정을 하기에 앞서 친구들의 의견을 묻고 귀를 기울여 보세요. 나 혼자서는 생각하지 못했던 훌륭한 의견을 얻을 수 있답니다.

다른 사람의 의견은 어떻게 경청하나요?

☀ 먼저 의견을 물어보세요

"네 생각은 어떠니?"

"너도 그렇게 하는 것이 옳다고 생각하니?"

나의 주장을 내세우기 전에 먼저 상대방의 의견을 물어보세요. 내가 생각

하지 못했던 다양한 의견을 들을 수 있어요.

☀ 옳다고 생각하면 의견에 맞장구를 쳐요

"아하, 그렇구나!"

"맞아! 네 말이 옳아."

고개를 끄덕이거나 적절한 감탄사로 상대방의 의견에 맞장구를 쳐 주세

요. 그러면 말하는 상대방도 신이 나서 의견을 더 자세히 말해 줄 거예요.

❋ 상대방의 의견을 칭찬해 주세요

"네 의견에서 이런 점은 무척 훌륭해!"

"네 말을 들으니 이런 점도 생각해 볼 수 있어서 좋아."

상대방의 의견을 칭찬해 주면 자신감이 생긴 친구는 내게 도움이 되는 좋

은 의견을 더 많이 말해 줄 수 있어요.

에드워드 제너

• 집중하여 듣기

에드워드 제너가 열세 살 때였어요. 당시 제너는 유명한 의사의 견습생으로 일하고 있었지요. 어느 날, 제너는 우연히 소의 젖을 짜고 있는 여인의 말을 들었어요.

"난 우두에 걸려서 얼굴에 곰보 자국이 생겼어. 그래서 속상하지만, 그 대신 천연두에는 절대로 걸리지 않을 테니 얼마나 다행이야!"

제너는 고개를 갸웃거렸어요.

'우두와 천연두가 무슨 상관이기에 우두에 걸린 적이 있다고 천연두에는 왜 안 걸린다는 것일까?'

우두는 소의 젖을 짜거나 소를 돌보는 사람들이 걸리는 전염병이에요. 천연두보다는 쉽게 나을 수 있는 병이었지요. 하지만 천연두는 아주 무서운 전염병이었어요. 천연두에 걸리면 높은 열이 나고, 온몸에 작은 종기 같은 것이 났는데, 전염성이 매우 강해서 많은 사람들이 죽었지요. 게다가 살아남아도 얼굴에 우묵우묵한 흉터를 남겼기 때문에 사람들은 천연두를 두려워했어요. 여인의 말은 제너의 귓가에 한참 동안 맴돌았어요.

세월이 흘러 어른이 된 제너는 정식 의사가 되었어요. 제너는 고향으로 돌아와 바쁘게 의사 생활을 했어요. 그러던 어느 날, 제너는 농부들이 하는 이야기를 우연히 듣게 되었어요.

"난 천연두에 걸리지 않을 거라네. 몇 년 전에 우두를 앓았거든!"

"나도 그래. 어릴 때 우두에 걸려서 그런지 지금껏 천연두에 걸리지 않았거든."

순간, 제너의 머릿속에는 어릴 때 들었던 여인의 말이 떠올랐어요. 어쩌면 천연두에 걸리지 않을 방법을 찾을 수 있을 거라는 강한 예감이 들었어요.

"그래! 분명히 우두가 천연두를 물리칠 방법이 될 수 있을지도 몰라!"

제너는 천연두를 예방하기 위해 우두를 본격적으로 연구하고 관찰했어요. 1796년에 제너는 병에 걸리지 않은 아이에게 우두 고름을 접종하여 아이가 우두에 걸리게 했어요. 6주 후, 우두를 앓고 나은 아이에게 이번에는

천연두 고름을 접종했지요. 그런데 놀랍게도 소젖 짜는 여인의 말처럼 아이는 천연두에 걸리지 않았어요. 지금까지 말로만 떠돌던 이야기를 제너가 증명한 것이지요.

"성공이야! 천연두에 걸리지 않을 방법을 찾았어!"

제너는 이 놀라운 연구와 결과를 논문을 통해 세상에 발표했어요. 하지만 예상과 달리 제너의 발견은 환영받지 못했어요.

"흥! 겨우 농부들이 하는 말을 믿다니! 의사 맞아?"

의사들은 제너의 논문을 비웃었어요. 우두에 걸렸던 농부가 천연두에 걸리지 않는다는 말은 농부들 사이에서 흔히 전해져 내려오는 이야기였지만, 다른 의사들은 농부들의 말에 귀를 기울이지 않았지요. 그저 농부들의 근거 없는 민간요법이라고 여겼던 거예요.

또한 사람들은 우두 백신을 몸속에 넣어 천연두를 예방한다는 '종두법'을 믿지 못하거나 꺼림칙하게 여겼어요.

"글쎄, 우두에 걸리는 병균을 몸속에 넣는다네!"

"우두 접종을 하면 사람이 소로 변하는 거 아니야?"

이런 소문은 순식간에 퍼졌어요. 소가 될까 봐 예방 접종을 꺼리는 사람들이 늘어났지요. 하지만 제너는 실망하지 않고 사람들에게 꾸준히 우두 접종을 권하였어요. 제너의 노력으로 종두법의 효과는 점차 알려지게 되었어요. 우두를 접종하고 나서 천연두에 걸리지 않는 사람들이 늘어나게 되자 어느새 헛소문은 자연스럽게 사라졌지요.

최고가 된 위인

천연두를 예방하는 종두법을 발견한 에드워드 제너는 영국의 의학자예요. 1749년에 영국의 글로스터셔 주 버클리에서 태어난 제너는 의사가 된 후 고향의 병원에서 아픈 환자들을 치료했어요. 제너는 환자를 돌보는 틈틈이 천연두에 관한 연구를 하였지요.

제너가 살았던 시대에 천연두는 아주 무시무시한 병이었어요. 전염성이 심해서 한 사람만 걸려도 주변의 많은 사람들에게 병을 옮겼지요. 전 세계의 많은 사람들이 천연두에 걸려 안타까운 목숨을 잃었어요. 유럽에서만 천연두로 목숨을 잃은 사람이 무려 6천만 명이나 될 정도였어요.

"천연두를 없애지 못하면 앞으로 더 많은 사람들이 고통받게 될 거야."

"천연두에 걸리지 않도록 예방할 수 있는 방법은 없을까?"

세계의 많은 의사들이 천연두를 예방하고 치료하기 위해 많은 연구와 노력을 했어요. 하지만 오랫동안 사람들을 괴롭혀 온 천연두를 물리치기란 이만저만 어려운 일이 아니었어요.

이렇게 무서운 전염병인 천연두를 없애는 데 큰 공을 세운 사람이 바로 에드워드 제너예요. 우연히 농부에게 들은 이야기로 시작한 제너의 연구는 20여 년의 긴 시간이 걸렸어요. 그리고 마침내 천연두를 예방하는 종두법을 발견해 냈지요. 제너의 종두법 발견은 역사적으로 대단한 일이었어요. 한번 접종하면 평생 천연두에 걸리지 않게 되었으니까요.

제너가 종두법을 발견한 초기에는 사람들이 우두 접종을 꺼렸어요. 하지만 제너가 말한 대로 우두 접종을 한 사람들이 천연두에 걸리지 않자, 제너의 종두법은 사람들의 입소문을 타고 널리 알려지게 되었어요. 점점 많은 사람들이 우두 접종을 하기를 원했어요. 그 무렵 제너는 의사 생활을 그만두고 본격적으로 우두 접종법 연구에만 전념했어요. 1803년에는 천연두 백신 보급을 위해 제너 연구소를 설립했지요.

한편, 이웃 나라 프랑스의 황제 나폴레옹도 종두법에 대한 소문을 들었어요.

"영국 의사가 개발한 우두 접종을 하면 천연두를 예방할 수 있다지? 그럼 우리 군사들에게도 접종을 해야겠어!"

1805년, 나폴레옹은 전쟁을 앞두고 군사들에게 우두 접종을 시켰어요. 만약 군사들이 높은 전염성과 사망률을 가진 천연두에 걸리기라도 하면 전쟁에서 질 수도 있었거든요. 우두 접종 덕분에 나폴레옹의 군사들은 병치레 없이 전쟁에서 승리할 수 있었어요.

"제너 선생, 당신 덕분에 전쟁에서 이길 수 있었소. 원하는 게 있으면 말해 보시오."

나폴레옹이 제너에게 말했어요.

"지난번 영국과 프랑스 전쟁 때 프랑스 군대에게 잡힌 영국 포로들을 풀어 주십시오."

나폴레옹은 제너의 부탁을 기꺼이 들어주어 영국 포로들을 석방해 줬어요.

1806년에 미국의 토머스 제퍼슨 대통령은 제너에게 다음과 같은 편지를 보내 제너의 공로를 치하했어요.

'귀하는 인류 역사에서 가장 심각한 질병을 퇴치했습니다. 우두 접종법으로 인해 인류는 귀하의 존재를 영원히 기억할 것입니다. 미래의 후손들은 역사 속에 천연두라는 끔찍한 질병이 존재한 바 있으며, 또한 귀하가 그것을 박멸했다는 사실을 잊지 않을 것입니다.'

이처럼 제너는 평생을 종두법을 연구하고 알리는 데 몰두하다 1823년에 세상을 떠났어요.

제너가 세상을 떠난 후에도 제너의 천연두 백신은 전 세계 여러 나라에 보급되어 천연두를 예방했지요. 그리고 마침내 세계 보건 기구는 1979년 말에 천연두가 지구에서 사라졌다고 발표했어요. 이것은 모두 최초로 종두법을 발견한 제너 덕분이었지요.

제너는 평소에도 관심이 있는 주제에 집중을 하고 늘 귀를 기울였어요. 그렇기 때문에 소의 젖을 짜는 여인의 이야기를 흘려듣지 않았지요. 주변의 이야기에 귀를 기울이다 보면 제너처럼 내가 관심 있는 분야에 대한 이야기도 귀에 쏙 들어오게 되지요. 여러분이 관심 있는 분야는 무엇인가요? 어떤 말이든 흘려듣지 말고 귀를 기울여 보세요. 고민을 해결하는 실마리가 될지도 모르는 멋진 말이 숨어 있을 수 있답니다.

어떻게 하면 집중해서 들을 수 있나요?

✻ 관심을 가지면 더 잘 들려요

공룡을 좋아하는 친구는 공룡 이야기가 들리면 귀를 쫑긋 세우지요. 책을

좋아하는 친구는 책에 관한 이야기가 들리면 걸음을 멈추고요. 주변에서

들려오는 이야기 중에 어떤 것이 재미있고 흥미로운가요? 다양한 분야에

관심을 갖고 이야기를 들어 보세요.

✻ 딴생각을 하지 않으면 더 잘 들려요

상대방이 이야기를 하고 있는데 머릿속으로 다른 생각을 하면 이야기에

집중할 수 없어요. 이야기에 집중하지 않으면 말을 하는 상대방은 기분이

상할 수도 있어요. 이야기를 들을 때에는 딴생각을 하지 말고 상대방의

말에만 귀를 기울이세요.

❋ 바른 자세로 들으면 더 잘 들려요

손이나 다리를 툭툭 움직이지 말고, 친구의 눈을 바라보고 이야기를 들어 보세요. 자세를 바르게 하면 이야기에 더 잘 집중할 수 있어요. 이야기를 듣기 전에 집중에 방해되는 주변 물건들을 치우는 것도 큰 도움이 되어요.

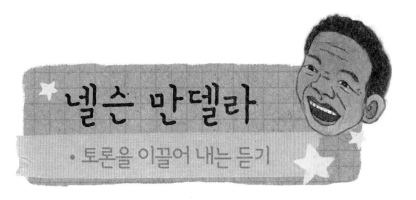

넬슨 만델라

· 토론을 이끌어 내는 듣기

"**만델라**, 짐을 꾸리렴."

어머니가 어린 넬슨 만델라에게 말했어요. 아버지가 돌아가신 후, 형편이 어려워진 만델라는 정든 고향 쿠누를 떠나야 했지요. 만델라는 떠나기 싫었지만 잠자코 어머니 뒤를 따랐어요. 어머니와 만델라는 서쪽으로 걸었어요. 아주 긴 여행 끝에 두 사람은 한 마을에 도착했어요.

"우아! 엄마, 이렇게 커다란 집은 처음 봐요. 저기 들에 소와 양도 수백 마리나 있어요!"

만델라는 흥분해서 소리쳤어요.

그 집은 바로 부족의 왕인 욘긴타바가 사는 궁전이었어요. 이 대궁전을 사람들은 '음케케즈웨니'라고 불렀지요. 만델라의 어머니가 이곳 음케케즈웨니에 온 까닭은 먼 친척인 욘긴타바 왕에게 만델라를 부탁하기 위해서였어요. 어머니는 만델라가 좋은 환경에서 자라길 바랐어요. 만델라가 궁전에서 지내게 되면 더 많은 것을 배울 수 있으리라고 생각했지요.

"오, 네가 만델라구나. 오늘부터 여기서 나와 함께 지내자꾸나."

욘긴타바 왕은 만델라를 흔쾌히 받아 주었어요. 왜냐하면 욘긴타바 왕은 만델라 아버지의 도움을 받아 왕이 되었거든요.

어머니는 어린 만델라만 남겨 두고 다시 쿠누로 돌아갔어요. 만델라는 어머니와 떨어져 살게 되어 슬펐지만, 금세 왕궁 생활을 좋아하게 되었어요. 만델라는 특히 왕궁에서 열리는 부족 회의에 참석하는 일을 무척 좋아했어요.

"오늘 회의가 있는 날이야. 빨리 가자!"

만델라는 친구가 된 욘긴타바 왕의 아들과 함께 회의 장소로 달려갔어요. 부족 회의에는 부족 남자라면 누구나 참여할 수 있었어요. 마을에 생긴 모든 문제는 부족 회의에서 논의하여 해결하였지요. 회의 장소에는 이미 마을의 남자 어른들이 모두 모여 앉아 있었지요. 만델라도 욘긴타바 왕이 잘 보이는 자리에 앉았어요.

"자, 회의를 시작합시다."

욘긴타바 왕의 명령에 따라 회의가 시작되었어요. 만델라는 부족 회의의

모습을 눈에 담았어요. 특히 욘긴타바 왕을 눈여겨보았지요.

'욘긴타바 왕은 절대로 먼저 의견을 말하지 않는구나.'

욘긴타바 왕은 가만히 앉아, 사람들이 내는 의견을 신중하게 들었어요.

그리고 사람들의 말이 다 끝나면 입을 열었지요. 욘긴타바 왕은 모든 사람의 마음에 드는 결론을 내리기 위해 애썼어요. 그런데도 결론에 반대하는 사람이 나오면 다음 날 계속 회의를 열었어요. 회의는 늘 저녁 늦게까지 이어졌고, 회의가 끝나면 이를 축하하기 위해 신나는 잔치가 열렸어요.

'욘긴타바 왕은 왕이라고 해서 우쭐대지도 않고 모든 사람들의 말을 잘 들어 줘!'

만델라는 부족의 민주적인 회의 방식과 욘긴타바 왕의 모습에 크게 감명을 받았어요.

'왕의 자리는 특별한 권리가 주어지는 자리가 아니라 부족 사람들이 만들어 주는 자리이다.' 부족뿐만 아니라 아프리카 부족의 모든 왕들은 이렇게 생각했어요. 이것이 바로 아프리카의 우분투 정신이에요. 우분투라는 말은 '네가 있어 내가 있다.'는 뜻이에요. 부족을 이루는 사람들이 있기 때문에 왕이 있다는 것이지요. 그래서 왕은 언제나 다른 사람의 의견을 경청하고 따르며 문제를 함께 해결해 나가려고 노력하지요.

만델라는 부족 회의에서 배운 아프리카의 우분투 정신을 잊지 않았어요. 먼 훗날 남아프리카 공화국의 대통령이 되어 나라를 이끌어 나갈 때에도 어린 시절 욘긴타바 왕의 부족 회의에서 배운 것들이 많은 영향을 끼쳤어요. 만델라는 욘긴타바 왕이 했던 것처럼 회의를 진행했어요. 회의에 참여하는 사람들의 의견을 끝까지 경청하였고, 마지막 순서가 되어서야 짧게 자신의 의견을 말했어요. 욘긴타바 왕의 부족 회의는 어린 시절의 만델라에게 경청의 중요성을 깊이 심어 준 것이지요.

최고가 된 위인

넬슨 만델라는 1918년 7월 18일에 트란스케이의 수도 움타타의 한 작은 마을 쿠누에서 태어났어요. 트란스케이는 남아프리카 공화국의 동남부 바닷가에 있는 아프리카인 거주지로, 인종 격리 정책에 따라 흑인만 거주하도록 지정한 장소였어요. 만델라는 남아프리카 공화국의 지배층인 백인들에 의해 차별을 받는 흑인들의 비참한 현실을 직접 보고 자랐어요. 게다가 1948년에는 '아파르트헤이트'라는 법이 제정되면서 흑인 차별이 더욱 심해졌지요.

"우리는 백인들과 같은 식당에서 밥도 먹지 못해."

"엄마가 백인 아이들이 노는 놀이터에서 놀면 안 된다고 하셨어."

"우리는 백인이 타는 버스는 탈 수 없어."

백인 우월주의에 기초한 이 법에 따라 흑인들은 백인들에게서 격리되거나 분리되고, 정치적·사회적·경제적으로 차별받는 생활을 해야 했어요.

만델라는 이 악법이 사라져야 한다고 생각했어요. 그래서 변호사가 되어 남아프리카 공화국의 차별받는 흑인들을 변호하는 데 힘썼지요. 흑인들이 더 이상 차별받지 않도록 맞서 싸우던 만델라는 결국 체포되어 감옥살이를 시작했어요. 하지만 그는 감옥에서도 투쟁을 포기하지 않았어요.

1990년 2월 11일, 만델라를 지지하는 많은 사람들의 노력으로 만델라는 27년 만에 감옥에서 나왔어요. 당시 만델라의 나이는 일흔한 살이었지요. 만델라는 남아프리카 공화국의 평화를 위해 노력한 공로를 인정받아 노벨 평화상을 수상했어요. 그리고 남아프리카 공화국 최초의 흑인 대통령이 되어 아파르트헤이트를 폐지하고 흑인들의 자유를 찾아 주었어요.

대통령이 된 넬슨 만델라는 지도자에 대해 이렇게 말했어요.

"소 떼를 몰 때 목동은 앞에서 소들을 이끌고 가지 않습니다. 영리한 소 몇 마리가 소 떼의 가장 맨 앞에서 방향을 잡고 다른 소들을 이끌고 나아가죠. 목동은 소 떼의 가장 뒤에서 소들을 돌보며 따라가는 것입니다. 소를

이끄는 목동의 이러한 방식이 바로 지도자가 따라야 할 방식입니다."

만델라는 나라의 중요한 일을 결정할 때 자신의 의견만 주장하거나 강요하지 않았어요. 개인의 생각보다는 전체의 의견을 따르는 것을 항상 중요하게 생각하였지요. 그래서 만델라는 언제나 다른 사람의 의견을 경청했어요. 그리고 모두의 의견을 따르기 위하여 노력했지요. 이런 태도는 국민들에게 신뢰를 주었어요.

만델라는 오랫동안 차별에 시달려 온 국민들의 이야기에 귀를 기울여 흑인들이 자유를 찾을 수 있게 도와주었어요. 또한 흑인들을 괴롭혔던 백인들에게 복수가 아닌 용서를 택하고 함께 남아프리카 공화국을 이끌어 감으로써 전 세계 사람들에게 많은 감명을 주었어요.

만델라가 세상을 떠난 지금에도 만델라의 인권과 평등, 그리고 민주주의를 위해 헌신한 노력은 많은 사람들의 가슴속에 살아 있답니다.

토론할 때는 어떤 방법으로 경청하나요?

✸ 반대하는 의견도 끝까지 들어 주세요

의견이 나와 다르다고 해서 상대방의 말을 끊고 내 의견만 주장하는 모습은 좋은 토론 자세가 아니에요. 상대방이 의견을 모두 이야기할 때까지 충분히 들어 주세요. 상대방의 의견을 끝까지 들어야 그 의견을 제대로 이해하고 토론할 수 있어요.

✸ 의견을 요약하여 한 번 더 말해 주세요

"내가 들어 보니 네 생각은 이런 것 같은데, 내 말이 맞니?"

이렇게 상대방이 한 말을 요약하여 들려주면 내가 얼마나 상대방의 말을 이해했는지 보여 줄 수 있어요. 또한 상대방도 자신이 한 말을 나를 통해 다시 듣게 되면 좀 더 객관적으로 생각해 볼 수 있어요.

✹ 충분히 의견을 듣고 내 의견을 말해요

토론에서 나온 친구들의 의견을 참고하여 내 의견을 말해 보세요. 토론을

경청하지 않았다면 토론의 흐름에 맞지 않은 의견을 말할 수도 있어요. 다

른 친구들의 의견에 대한 내 생각을 덧붙여 의견을 말하면 더 설득력을 높

일 수 있어요.

황희

• 입장 바꿔 듣기

"내 말이 맞아!"

"아니야. 내 말이 맞고, 네 말이 틀렸어!"

안채에서 두 계집종의 싸우는 소리가 황희 정승이 있는 사랑채까지 들려왔어요. 오늘은 황희 정승 댁에 중요한 손님이 오는 날이에요. 그런데 손님 맞을 준비를 하던 두 계집종이 서로 의견이 맞지 않아 싸우지요.

"이래서는 끝이 안 나겠어. 대감마님께 누구의 말이 맞는지 여쭤 보자."

"그래. 대감마님이라면 누구 말이 옳은지 정확하게 판단해 주실 거야."

황희 정승은 노비들에게 언제나 인자하게 대해 주었어요. 노비들의 이야기도 잘 들어 주고, 다툼이 있으면 옳은 판단을 내려 주었기 때문에 두 계집종은 서슴없이 황희 정승에게 달려갔어요.

"대감마님!"

"그래, 무슨 일인데 이리 야단이냐. 허허허."

황희 정승은 두 계집종을 번갈아 보며 물었어요. 그러자 한 계집종이 먼저 앞으로 나서서 말했어요.

"제 말 좀 들어 보세요. 손님이 오시면 허기가 지실 테니 음식 준비를 먼저 하는 게 맞지요?"

황희 정승은 고개를 끄덕이며 대답했어요.

"그래. 네 말이 맞구나!"

그 말에 계집종은 기세등등한 표정으로 다른 계집종을 쳐다보았어요. 다른 계집종이 억울한 표정을 지으며 말했어요.

"대감마님, 제 말도 들어 보세요. 손님이 오셨는데 집 안이 더러우면 예의가 아니지 않습니까? 음식을 준비하는 것보다 집 안을 치우는 게 먼저가 아닙니까?"

황희 정승은 이번에도 미소를 지으며 고개를 끄덕였어요.

"그래. 네 말도 맞다!"

그때 곁에서 황희 정승과 두 계집종의 이야기를 듣고 있던 황희 정승의

부인이 물었어요.

"대감, 한 아이의 말이 옳으면 다른 아이의 말은 틀린 것이 아닙니까? 둘
다 맞다고 하시면 어떻게 합니까?"

부인의 말에 황희 정승은 또 이렇게 대답했어요.

"허허, 부인의 말도 옳소!"

"아니, 뭐라고요? 호호호!"

황희 정승의 대답에 부인과 두 계집종은 그만 웃음을 터뜨리고 말았답니다.

이렇듯 황희 정승은 상대방의 이야기를 듣고 함부로 자신의 주장을 내세우지 않았어요. 늘 상대방의 의견을 경청한 뒤, 충분히 입장을 헤아려 주었지요. 황희 정승이 두 계집종과 부인의 말을 모두 옳다고 한 것은 그들의 입장에서 생각해 보고 대답했기 때문이랍니다.

최고가 된 위인

황희 정승은 조선 시대의 재상이에요. 재상은 임금님을 가까이에서 도우며 나랏일을 돌보는 아주 높은 벼슬을 가진 사람을 말해요. 황희 정승은 훌륭한 정치를 펼쳐 조선의 많은 재상들 중에서도 최고의 재상으로 손꼽혔어요.

황희 정승은 백성들에게 많은 존경을 받았어요. 그 이유는 황희 정승이 언제나 백성들의 말에 귀를 기울였고, 백성들의 입장에서 생각했기 때문이지요. 나이가 많은 노인의 말이나 어린아이의 말도 흘려듣지 않았으며, 신분이 낮은 노비의 말에도 귀를 기울여 주었어요.

조선 시대에 재상은 높은 관리로 좋은 옷을 입고 좋은 집에서 떵떵거리며 잘살 수 있었어요. 하지만 황희 정승은 백성들의 처지를 생각하여 나라에서 주는 좋은 집도 마다하였고 좋은 옷도 거절했어요. 황희 정승은 비가 줄줄 새는 초가집에서 낡은 옷을 입고 살았지요.

'가난한 백성들을 생각하면 어찌 내 한 몸 편하게 지낼 수 있겠나!'

이러한 황희 정승의 마음 씀씀이는 많은 백성들에게 존경을 받을 뿐만 아니라 나랏일을 하는 관리들에게도 모범이 되었어요. 그래서 모범이 되는 관리만 선정되는 청백리에 뽑히기도 했어요. 청백리란 관직 수행 능력이 뛰어나고 청렴, 근검, 도덕 등의 덕목이 훌륭한 관리에게 나라에서 내린 호칭이에요.

나랏일을 의논하는 회의를 할 때도 황희 정승은 자기 의견을 먼저 말하지 않았어요.

'내가 먼저 말하면 다른 관리들이 의견을 말하기가 불편할 거야.'

만약 정승이 먼저 의견을 내면 관직이 낮은 대신들이 반대 의견을 내기 어려워하거나, 정승의 의견에 찬성하는 말만 할 게 뻔했기 때문이었지요. 그래서 황희 정승은 다른 사람들의 의견을 모두 듣고 난 후에야 의견을 덧붙였어요. 황희 정승은 토론에서 나온 의견들을 감정에 치우치지 않고 잘 정리하였으며 모두의 입장을 생각하여 결론을 내었기 때문에 세종 대왕은 언제나 황희 정승을 신뢰하고 그의 의견을 존중하였어요.

이렇게 늘 다른 사람의 입장을 생각하고 어진 마음으로 대했던 황희 정승이 호랑이 정승으로 변할 때가 있었어요. 바로 모범을 보여야 할 사람이 경청하지 않는 태도를 보일 때였지요.

하루는 지위가 높은 대신들이 모여 회의를 하던 중이었어요. 그런데 한 사람이 의자에 비스듬히 앉아 있는 게 아니겠어요? 그 사람은 나라에 공을 세워 병조 판서라는 벼슬을 받은 지 얼마 안 된 김종서였어요. 김종서는 높은 벼슬을 받았다는 마음에 한껏 의기양양해서 거만한 태도로 앉아 다른 사람들의 말을 듣고 있었지요. 그 모습을 가만히 지켜보던 황희 정승은 밖에 있는 김종서의 하인을 불렀어요.

"너의 판서님 몸이 자꾸 기우는 것을 보니 의자가 고장 난 게 틀림없구나. 당장 의자를 고쳐 드리거라!"

김종서는 황희 정승의 말에 정신이 번쩍 들었어요. 그래서 무릎을 꿇고 잘못을 빌었지요. 황희 정승은 높은 자리에 앉아 있는 사람일수록 언제나 겸손한 태도로 다른 사람들의 말을 경청하는 모범을 보여야 한다고 생각했어요. 그런데 김종서가 좋지 않은 태도를 보이자 화가 난 것이지요.

황희 정승은 상대의 입장에서 생각하고 의견을 수용할 줄 아는 경청의 태도를 지녔기 때문에 조선 최고의 명재상이 될 수 있었어요. 상대의 입장에서 생각하는 것은 쉽지 않아요. 하지만 상대의 입장을 이해하고 의견을 받아들일 때 나의 이해력과 포용력을 넓힐 수 있어요. 친구와 대화할 때 입장을 바꿔서 생각하며 이야기를 들어 보세요. 이전에는 이해할 수 없었던 친구의 말이나 행동을 이해하고 받아들일 수 있게 된답니다.

다툼을 해결하기 위해선 어떻게 들어야 하나요?

❋ 친구 입장이 되어 들어요

친구와 다툴 때 자기 의견만 옳다고 내세운 건 아닌지 곰곰이 생각해요. 친구가 왜 그런 말을 했는지 친구의 입장에서 생각해 보세요. 그러면 화가 나서 이해할 수 없었던 친구의 행동을 이해할 수 있게 될 거예요.

❋ 열린 마음으로 들어요

친구의 말 속에서 잘못된 점만 찾으려고 하지 않았는지 반성해 보세요. "네 말은 틀렸어, 흥!" 같은 부정적인 태도는 오해와 다툼을 더욱 크게 만들지요. 또한 친구가 말하는 동안 집중하지 않고 내가 하고 싶은 말을 머릿속에서 미리 생각하는 것도 좋지 못한 태도예요. 친구의 이야기를 긍정적인 마음으로 끝까지 들어 주세요.

❋ 듣고 이해한 것을 알려 주세요

친구의 말이 잘못되었으면 우선 잘못을 지적하기 전에 내가 듣고 이해한 것을 알려 주세요. "너의 생각은 나도 맞는 부분이 있다고 생각해. 하지만 이런 점은 나와 생각이 다른 것 같아. 내 생각은 어떠냐면……."라고 말하며 내 생각을 이야기해 보세요. 그러면 내가 친구의 잘못을 알려 줄 때 친구의 기분도 상하지 않게 할 수 있어요.

칭기즈 칸

• 편견 없이 듣기

하루는 칭기즈 칸이 사냥을 나갔다가 숲 속에 혼자 있는 아이를 발견 했어요.

"네 이름이 무엇이냐?"

"차간이라고 합니다."

"그런데 왜 여기에 혼자 있느냐?"

"가족을 잃고 길을 헤매는 중입니다."

칭기즈 칸은 갈 곳 없는 그 아이를 불쌍히 여겨 집으로 데려왔어요.

"이제부터 널 내 아들로 삼으마."

칭기즈 칸은 이렇게 길을 잃거나 전쟁 때문에 홀로 남겨진 아이들을 양

아들로 삼곤 했어요. 아이들이 불쌍하기도 했지만, 이 아이들이 나중에 크면 장군이 되어 칭기즈 칸에게 힘을 보탤 수 있기 때문이지요.

칭기즈 칸은 넓은 초원을 말을 타고 달리는 몽골 족의 부족장이었어요. 그는 몽골의 모든 부족을 합쳐 제국을 건설하겠다는 커다란 꿈이 있었지요. 그래서 자신의 군대를 키우며 다른 부족을 정벌해 통일을 이룩하려고 했어요.

어느 날, 칭기즈 칸이 이끄는 군대가 감주라는 부족을 공격하려고 했어요. 그런데 차간의 친아버지가 바로 감주의 장수였지요. 아버지가 있는 감주를 공격한다는 소식에 차간은 칭기즈 칸을 찾아가서 부탁했어요.

"제가 아버지에게 편지를 써서 항복하라고 설득하겠습니다."

"그래? 그럼 그렇게 하도록 하여라."

칭기즈 칸은 차간의 청을 들어주었어요. 차간은 화살에 편지를 매달아 아버지가 있는 곳에 쏘았어요. 편지를 받은 차간의 아버지는 감주의 군사들을 설득했어요.

"우리의 힘으로는 칭기즈 칸의 군대를 이길 수 없소. 그러니 칭기즈 칸에게 항복하여 불쌍한 백성들의 목숨을 살리는 게 좋지 않겠소?"

하지만 감주의 군사들은 차간의 아버지의 말을 듣지 않았어요.

"적군에 있는 아들의 말에 넘어가서 우리 부족을 팔아넘기려고 하다니!"

"그러게 말이야. 당신은 배신자야!"

감주의 군사들은 차간의 아버지를 배신자로 몰아 처형시키고 말았지요. 그리고 칭기즈 칸이 이끄는 몽골 군에 끝까지 저항했어요. 하지만 힘이 센 칭기즈 칸의 몽골 군을 당해 내지 못하고 결국 패배하고 말았지요.

"마을을 모조리 불태워 버려라!"

칭기즈 칸은 군사들에게 명령을 내렸어요. 항복하지 않고 끝까지 저항한 부족의 마을을 흔적도 없이 불태워 버리고, 군사들뿐만 아니라 그 부족의 사람들까지 모두 죽이는 것이 칭기즈 칸이 이끄는 몽골 군의 원칙이었거든요.

그때 차간이 칭기즈 칸 앞에 나서서 용기 있게 말했어요.

"비록 감주가 항복하지 않고 저항했지만, 죄 없는 주민들까지 죽일 필요가 있습니까? 주민들만은 살려 주십시오."

칭기즈 칸은 어린 차간을 물끄러미 바라보았어요.

'아버지를 죽인 원수의 부족인데도 그 사람들을 살려 달라고 하다니 어린아이가 참으로 생각이 깊구나!'

칭기즈 칸은 차간이 대견스러웠지요. 그래서 차간의 말을 무시하지 않고

귀 기울여 주었어요.

"네 말이 맞다. 주민들은 살려 주겠다."

칭기즈 칸은 다시 명령을 내려 감주의 군사들만 벌을 주고, 주민들은 살려 주었어요. 평소 어린아이의 말이라도 소홀히 듣지 않았던 칭기즈 칸의 경청하는 자세가 돋보이는 행동이었지요. 차간은 자신의 말에 귀를 기울여 준 칭기즈 칸에게 매우 감사했어요. 그 후, 훌륭하게 자란 차간은 어엿한 장군이 되어 칭기즈 칸의 곁을 든든하게 지켰답니다.

최고가 된 위인

칭기즈 칸의 어린 시절은 행복하지 못했어요. 칭기즈 칸의 아버지이자 부족의 우두머리였던 예수게이는 칭기즈 칸이 아홉 살 때 다른 부족에게 죽임을 당했어요. 그 일로 부족은 뿔뿔이 흩어지게 되었고, 칭기즈 칸은 어머니와 동생들과 함께 몽골 이곳저곳을 떠돌며 지내야 했지요. 먹을 게 없어 들쥐를 잡아먹을 때도 있었어요.

칭기즈 칸은 이렇게 힘든 상황에서도 돌아가신 아버지를 떠올리며 다시 부족을 일으킬 꿈을 품었어요. 우여곡절 끝에 칭기즈 칸은 부족을 다시 세우고 부족장이 되었지요.

칭기즈 칸은 부족의 힘을 키워 당시 흩어져 있던 몽골 부족들을 하나로 통일해 큰 나라를 세우고 싶었어요. 그래서 계속 힘을 길러 다른 부족을 공격했어요.

"으악! 칭기즈 칸의 군대다!"

"항복! 항복이오."

이렇게 칭기즈 칸에게 항복한 몽골 부족들의 힘이 더해지면서 칭기즈 칸의 군대는 나날이 힘이 더 세어졌어요. 마침내 칭기즈 칸은 몽골의 모든 부족들을 하나로 통일했어요. 그리고 더 나아가 다른 나라들을 정복하여 거대한 몽골 제국을 세웠지요. 칭기즈 칸의 몽골 제국은 역사 이래 가장 큰 나라로 기록되어 있어요. 지금의 유럽과 아시아에 있는 많은 나라들이 몽골 제국의 지배를 받았을 정도지요.

그런데 이렇게 거대한 나라를 세운 칭기즈 칸은 글을 읽을 줄도 쓸 줄도 몰랐다고 해요. 어렸을 때 떠돌아다니느라 배울 기회가 없었기 때문이지요. 칭기즈 칸은 비록 글을 읽지는 못했지만 다른 사람들의 말에 귀를 기울이려고 노력했어요.

칭기즈 칸은 군사들과 자식들에게 이렇게 말하곤 했어요.

"내 귀가 나를 가르쳤다! 다른 사람의 말 속엔 내가 모르는 지식들이 들어 있지. 그래서 다른 사람들의 말에 귀를 기울이면 내 자신이 현명해질 수 있다."

칭기즈 칸은 책을 통해 지식을 얻는 대신에 경청을 통해 지식과 정보를 얻으려 한 것이에요. 칭기즈 칸은 상대의 나이나 신분에 상관없이 언제나 겸손하게 귀를 기울였기 때문에 많은 정보와 지식을 쌓을 수 있었어요. 군사들은 칭기즈 칸의 이런 태도를 좋아하고 존경했지요.

"칭기즈 칸은 우리의 의견을 무시하지 않아."

"맞아. 어떤 때는 그분에게 존중받는 기분이 든다니까."

"나는 칭기즈 칸에게 충성을 다하겠어!"

이처럼 칭기즈 칸이 거대한 몽골 제국을 세울 수 있었던 것은 항상 다른 사람의 말에 귀를 기울이고 존중했던 태도가 있었기 때문이에요.

칭기즈 칸처럼 경청을 하면 많은 것을 배울 수 있어요. 상대에 대한 편견을 없애고 편견 때문에 들리지 않거나 들을 수 없었던 소중한 말을 마음속에 담아 보세요.

어떻게 하면 편견 없이 들을 수 있나요?

❋ 겉모습만 보고 판단하지 않아요

나보다 나이가 어리거나 많다는 이유로 그 사람이 하는 이야기가 나에게 도움이 되지 않을 것이라고 판단하는 것은 옳지 않아요. 또한 생김새를 보고 판단하는 것도 나쁜 태도예요. 겉모습만 보고 판단하지 말고 상대의 말에 진심으로 귀를 기울여요.

❋ 이미 아는 이야기라고 건성으로 듣지 않아요

'다 아는 이야기라서 시시한걸!' 하고 자만하지 말고 집중해서 들어 보세요. 안다고 생각했던 이야기 속에 몰랐던 사실이 숨겨져 있을지도 몰라요. 또한 아는 것을 다시 반복해서 들으면 더욱 기억에 남을 수 있어요.

☀ 생각이 다르다고 해서 틀린 것이 아니에요

친구와 서로 생각이 다를 수 있고, 다른 의견을 말할 수도 있어요. 내 생

각과 다르다고 해서 친구의 말이 틀린 것은 아니에요. '이런 생각도 할 수

있구나!' 하고 상대의 의견을 받아들이는 자세를 가져요.

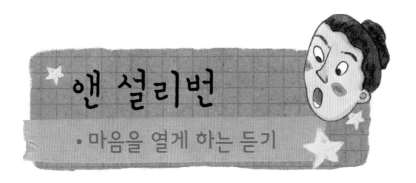

앤 설리번

• 마음을 열게 하는 듣기

예쁜 얼굴을 가졌지만 늘 어두운 표정을 하고 있는 소녀가 있었어요. 소녀에게서는 미소를 찾아볼 수가 없었지요. 그 소녀의 이름은 헬렌 켈러였어요.

앤 설리번이 헬렌을 처음 만났을 때, 헬렌은 아기 때 걸린 열병 때문에 앞을 보지도, 소리를 듣지도, 말을 하지도 못했어요. 어린 헬렌에게 세상은 어둠과도 같았어요.

헬렌에게는 모든 것이 이해할 수 없는 것뿐이었어요. 하지만 말을 할 수 없었기 때문에 물어볼 수가 없었지요. 그래서 뭐가 옳은지 그른지도 모르고 제멋대로 굴었어요. 배가 고프면 손으로 음식을 마구 집어 먹었고, 마음에 들지 않으면 물건을 던지고 발버둥을 치며 울부짖었지요.

헬렌의 부모님은 항상 이렇게 생각했어요.

'오, 불쌍한 우리 아가! 아무것도 보이지 않으니 얼마나 답답할까?'

부모님은 헬렌을 불쌍하게 여겨 헬렌이 원하는 대로 다 해 주었어요. 잘못을 해도 혼내지 않았지요. 하지만 헬렌의 선생님이 된 설리번의 생각은 달랐어요.

'헬렌을 지금처럼 내버려 두면 헬렌은 사람답게 살 수 없을 뿐만 아니라, 평생 어둠 속에 갇혀 혼자 살아야 할 거야.'

설리번은 헬렌을 어둠 속에서 꺼내 주기 위해 헬렌의 속마음을 듣고 대화하고 싶었지요. 그래서 헬렌에게 글자를 가르쳐 주었어요. 힘든 과정을 거쳐 설리번의 피나는 노력으로 헬렌은 하고 싶은 이야기를 설리번의 손바닥 위에 써서 물어볼 수 있게 되었어요. 생각을 표현할 수 있게 된 헬렌은 궁금한 것이 정말 많았어요. 설리번은 헬렌의 쉴 새 없는 질문에 늘 마음속 귀를 열어 놓고 열심히 가르쳐 주었어요.

그러던 어느 날이었어요.

"우당탕!"

물건이 부서지는 소리가 나더니 멀리서 헬렌의 울부짖는 소리가 들려왔어요.

설리번은 소리가 나는 부엌으로 달려갔어요. 헬렌이 집안일을 돌보아 주는 하녀인 버니를 마구 발로 차고 있었지요. 설리번은 얼른 헬렌의 어깨를 잡고 버니에게서 떨어뜨렸어요. 그러고는 버니에게 물었지요.

"버니, 무슨 일이지요?"

"헬렌 아가씨가 유리컵에 돌멩이를 넣고 흔들잖아요. 컵이 깨지면 아가씨가 다칠까 봐 제가 컵을 빼앗았어요."

아무것도 들리지 않는 헬렌은 여전히 화가 난 상태였어요. 헬렌은 씩씩거리며 설리번의 손바닥에 손가락으로 글을 썼어요.

'버니가 미워요.'

그러더니 헬렌은 다시 버니를 때리려고 했어요. 설리번은 헬렌을 이끌고 조용한 방으로 데려갔어요. 화가 난 헬렌은 분해서 엉엉 울었어요. 헬렌은 설리번이 부모님처럼 무조건 자기편을 들어 주며 안아 줄 거라고 생각했지요. 하지만 설리번은 그렇게 하지 않았어요. 헬렌에게 다른 사람의 마음을 듣는 방법을 알려 주고 싶었지요.

설리번은 헬렌의 손바닥에 이렇게 적었어요.

'버니는 헬렌이 다칠까 봐 걱정한 거야. 버니를 때리고 물건을 던진 건 잘못한 일이야.'

'아니에요! 전 잘못하지 않았어요. 버니, 미워요.'

헬렌이 설리번의 손에 이렇게 썼어요.

'하지만 헬렌 때문에 버니가 다쳐서 아픈걸?'

설리번이 이렇게 알려 주었지만, 헬렌은 잘못을 뉘우치지 않았을 뿐만 아

니라 버니의 마음을 전혀 이해하려고 하지 않았어요. 헬렌은 아직 마음을

열고 다른 사람의 감정을 이해하고 받아들이는 데 익숙하지 않았지요.

설리번은 말을 듣지 않는 헬렌을 보며 자신의 어린 시절을 떠올렸어요. 설리번도 마음을 굳게 닫았던 적이 있었거든요. 그때 설리번의 마음에 진정으로 귀를 기울여 준 로라 선생님 덕분에 설리번은 어둠 속에서 나와 다른 사람의 마음을 이해할 수 있게 된 것이지요.

'로라 선생님이 나에게 했던 것처럼 나도 헬렌을 어둠 속에서 꺼내 줄 거야. 헬렌이 바른 생각을 가진 사람이 되도록 가르치겠어.'

설리번은 다시 한 번 다짐했어요.

어느덧 저녁 식사 시간이 되었어요. 하지만 설리번은 식사를 하러 식당으로 내려오지 않았어요. 설리번이 계속 오지 않자 헬렌은 설리번의 방으로 갔어요.

'선생님, 왜 저녁을 안 드세요?'

설리번은 헬렌의 손에 이렇게 썼어요.

'선생님은 헬렌 때문에 마음이 아파서 아무것도 먹고 싶지 않단다.'

헬렌은 설리번이 자기 때문에 아프다는 말에 무척 놀랐어요. 헬렌의 눈에 눈물이 고이더니 설리번을 붙잡고 엉엉 울기 시작했어요. 자신의 말을 들어 주지 않아 속상해하는 설리번의 마음을 이해하게 된 것이지요.

74

설리번은 헬렌을 꼭 껴안아 준 뒤, 이렇게 물었어요.

'이제 버니에게 사과하지 않을래?'

'네, 사과할게요.'

두 사람은 함께 버니가 일하고 있는 부엌으로 갔어요.

"버니, 헬렌이 아까 일을 사과하러 왔어요."

설리번이 말하자 버니는 깜짝 놀랐어요. 헬렌이 떼를 쓴 일이 한두 번도 아닌 데다가 사과를 한 적은 한 번도 없었거든요. 버니는 양손을 저으며 말했어요.

"어휴, 사과는요. 제가 아무것도 모르는 아가씨한테 컵을 빼앗아서 그런 일이 생긴 걸요."

헬렌은 수줍게 버니에게 다가갔어요. 그리고 사과의 의미로 버니의 볼에 뽀뽀를 해 주었어요. 버니도 기뻐서 헬렌의 볼에 입을 맞추었지요.

자신밖에 모르던 헬렌은 다른 사람의 감정을 이해하게 되었어요. 어둠 속에 갇혀 있던 헬렌은 설리번의 노력으로 조금씩 마음을 열기 시작했답니다.

최고가 된 위인

앤 설리번은 힘든 어린 시절을 보냈어요. 어머니는 일찍 돌아가시고, 아버지는 언제나 술에 취해 있었지요. 그래서 어린 설리번은 동생과 보호소에서 지내야 했어요. 그러던 어느 날, 설리번은 동생마저 병으로 잃었어요. 그 충격으로 설리번은 마음의 병을 앓게 되었어요. 소리를 지르거나 괴팍한 행동을 하기 일쑤였고, 눈은 점점 나빠져 시력을 잃을 위기까지 왔지요. 그사이에 설리번은 마음의 문을 굳게 닫고, 다른 사람들을 가까이하지 않았어요.

그런 설리번을 도와준 사람이 바로 로라라는 나이 많은 간호사였어요. 로라는 설리번에게 따뜻한 친구가 되어 주었어요. 로라는 설리번의 이야기를 들어 주고, 책을 읽어 주며 놀아 주었지요. 진심으로 자신의 이야기에 귀기울여 준 로라 덕분에 설리번은 웃음을 되찾게 되었어요. 설리번의 상처를 치료해 주기 위해 노력한 로라 덕분에 설리번은 희망을 갖고 퍼킨슨 시각 장애인 학교에 들어가 공부를 할 수 있었지요.

학교를 졸업한 후 설리번은 헬렌의 선생님이 되었어요. 로라가 자신에게

한 것처럼, 설리번도 헬렌의 마음에 진심으로 귀를 기울여 주기로 마음먹었지요.

　설리번은 헬렌이 마음의 문을 열고 세상과 소통할 수 있도록 도와주었어요. 설리번의 노력으로 보지도, 듣지도, 말하지도 못했던 헬렌은 손으로 글을 읽고 쓰고, 꾸준한 노력 끝에 말도 하게 되었지요. 울거나 소리 지르는 것만으로 자신의 감정을 표현하던 헬렌이 사람답게 자신의 감정을 표현하고 다른 사람의 말에도 귀를 기울이게 된 거예요.

또한 설리번은 헬렌의 눈과 귀가 되어 주었어요. 설리번은 헬렌이 듣지 못하는 다른 사람들의 말을 대신 듣고, 헬렌의 손바닥에 적어 주었어요. 헬렌이 대학교에 다닐 때 강의 내용을 전해 준 것도 설리번이었어요. 설리번이 헬렌의 손바닥에 얼마나 많은 말들을 적었는지 헬렌의 한쪽 손바닥에는 핏줄이 툭 튀어나왔을 정도였지요.

헬렌은 설리번 덕분에 비록 앞을 보지 못하고 소리를 듣지 못해도, 세상을 보고 들을 수 있다는 것을 세상의 많은 사람들에게 직접 보여 주었어요. 설리번은 평생을 헬렌의 선생님으로서 헬렌을 지켜 주다가 세상을 떠났어요.

설리번은 말하지 못하는 헬렌의 마음을 알기 위해, 헬렌의 행동을 세심하게 관찰하고 소통했어요. 평소에도 헬렌의 몸짓 언어를 주의 깊게 관찰했지요. 몸짓 언어를 보면 표정이나 몸짓을 통해 상대의 마음이 어떤지 알아차릴 수가 있거든요. 몸짓 언어를 보고 친구의 마음을 읽어 보세요.

몸짓 언어로 마음을 읽어요

❋ 표정으로 상대의 마음을 읽어요

◆ 시선을 피해요: 이 자리에서 벗어나고 싶어요.

◆ 갑자기 웃음을 멈춰요: 마음 상하는 말을 들었어요.

❋ 몸짓으로 상대의 마음을 읽어요

◆ 손끝으로 책상을 톡톡 쳐요: 대화가 마음에 들지 않아요.

◆ 손으로 콧등을 비벼요: 뭔가 숨기고 있거나 거짓말을 하는 중이에요.

◆ 주먹을 불끈 쥐어요: 지금 화가 나 있어요.

❋ 거리로 상대의 마음을 읽어요

◆ 상대를 향해 몸을 숙이고 이야기를 나눠요: 대화에 집중하고 있어요.

◆ 허리를 잔뜩 뒤로 젖히고 멀찍이 앉아요: 대화가 재미없어요.

데일 카네기

• 흥미를 갖고 듣기

　미국 뉴욕의 한 출판업자가 마련한 저녁 만찬회가 열렸어요. 만찬회에 초대 받은 손님들이 하나둘씩 연회장에 도착했지요. 처세술 전문가인 데일 카네기도 그중에 한 사람이었어요. 만찬회에서는 다양한 분야의 사람들이 삼삼오오 모여 즐겁게 식사를 하며 대화를 나눴지요. 카네기는 대화에 집중하며 상대방의 이야기를 듣는 내내 눈빛을 반짝였어요. 카네기가 다른 사람과 대화하는 모습을 지켜보던 한 손님이 옆 사람에게 속삭였어요.

　"저분이 데일 카네기지요? 그런데 카네기와 이야기를 나누고 있는 분은 누구인가요?"

　"아, 저분은 유명한 식물학자랍니다."

"저분의 이야기를 카네기가 무척 진지하게 듣고 있네요. 카네기도 식물학을 잘 아나 봐요."

카네기와 식물학자의 대화는 만찬회 내내 계속되었어요. 심지어 두 사람은 다른 사람들과는 눈인사만 했을 뿐, 계속해서 둘만의 대화를 이끌어 나갔지요.

어느덧 자정이 되고, 손님들이 하나둘씩 집으로 돌아가기 시작했어요. 카네기도 식물학자와 대화를 끝마치고 집으로 돌아갈 준비를 하고 있었지요. 그때 식물학자가 곁에 있던 주최자에게 말했어요.

"오늘 만찬회는 아주 즐거운 시간이었습니다. 카네기가 이렇게 대단한 활기를 주는 분인 줄 이제까지 미처 몰랐네요!"

"오, 그런가요? 그래서 아주 오랫동안 대화를 나누셨군요."

주최자의 대답에 식물학자는 고개를 끄덕이며 말했어요.

"네, 아주 즐거운 대화였습니다. 카네기는 그동안 내가 만나 본 사람 중에서 가장 재미있게 대화를 하는 훌륭한 이야기꾼이었습니다."

식물학자가 연회장을 떠난 뒤, 주최자가 카네기에게 물었어요.

"아니, 어떤 이야기를 하셨길래 그분이 이야기꾼이라고 당신을 칭찬하는 건가요?"

그 질문에 카네기는 고개를 갸우뚱거렸어요.

"하하하, 저는 그다지 말을 하지 않았습니다. 그저 듣고만 있었지요."

"아니, 몇 시간 동안 듣기만 했을 뿐인데, 훌륭한 이야기꾼이라고 말했다고요?"

주최자는 영문을 모르겠다는 표정을 지었어요. 고개를 갸우뚱하던 카네기는 식물학자와 나눈 대화를 떠올리다 그 이유를 깨달았어요.

식물학자는 카네기에게 낯선 나라에서 자라는 식물들에 대한 이야기와 새로운 형태의 식물과 실내 정원을 개발하는 실험에 대해 들려주었어요. 카네기는 식물에 대해 전혀 알지 못했어요. 식물학자와 이야기한 것도 난생처음이었을 뿐만 아니라 그가 들려준 이야기도 모두 처음 듣는 내용이었지요. 하지만 카네기는 식물학자의 이야기가 지루하지 않았어요. 오히려 그 반대로, 처음 듣는 식물 이야기에 흠뻑 빠져 버렸지요.

식물학자도 자신의 이야기에 흥미를 느끼며 경청하는 카네기의 모습에 신이 나서 계속 이야기를 들려주었어요. 식물학자가 카네기를 훌륭한 이야기꾼이라고 말한 이유가 바로 이 때문이었지요. 식물학자는 카네기의 집에 있는 실내 정원에 대한 조언도 아끼지 않았지요.

식물학자의 이야기를 경청한 카네기는 식물학자에게 이렇게 말했어요.

"정말 많은 것을 알고 계시군요! 저도 많이 배웠어요. 기회가 된다면 함께 식물 채집을 나가고 싶어요!"

카네기의 말은 예의상 건넨 말이 아니었어요. 그는 식물학자 덕분에 식물에 흥미를 느끼게 되어 진심으로 한 말이었답니다.

최고가 된 위인

데일 카네기는 1888년에 가난한 농부의 아들로 태어났어요. 대학 시절, 카네기는 대화가 서툴러서 친구들과 잘 어울리지 못하는 학생이었어요.

"카네기는 말을 너무 못해."

"맞아. 대화하기가 답답할 정도라니까."

친구들은 이렇게 불평을 했지요. 그 때문인지 카네기는 말하는 것에 잔뜩 주눅이 들어 있었어요. 게다가 엎친 데 덮친 격으로 카네기는 동호회마저도 자신이 원했던 풋볼 팀에 들어가지 못하고, 어쩔 수 없이 토론 동호회에 들어가야 했어요. 말을 잘 못하는데 토론 동호회에 들어가게 되었으니 카네기가 얼마나 힘들었을지는 불을 보듯 뻔했지요. 하지만 카네기는 계속 주눅 들어 있기보다는 이렇게 생각을 바꿨어요.

'그래, 이번 기회에 열심히 해서 토론을 잘하는 사람이 되는 거야!'

카네기는 말을 잘하기 위해 열심히 노력했어요. 그리고 노력한 만큼 카네기는 점점 말을 잘하게 되었지요. 마침내 졸업할 즈음에는 토론을 잘하는 사람으로 유명해져 있었어요.

대학을 졸업한 후, 카네기는 예전의 자신처럼 말을 잘하는 법을 배우고 싶어 하는 사람들에게 강의를 하기 시작했어요. 카네기는 사람들 앞에서 발표하는 법이나 일 때문에 만난 사람들에게 말을 잘 거는 법 등을 가르쳤어요. 이렇게 말을 잘하는 법을 화술이라고 해요. 카네기 이전에는 화술을 가르쳐 주는 강의나 책은 거의 없었어요. 따라서 카네기가 이 분야에서는 거의 처음이라 할 수 있었지요. 카네기의 강의는 사람들 사이에서 유명해져서 인기를 끌게 되었어요.

'말을 잘하는 것만이 중요한 게 아니야. 상대방의 입장을 듣고 이해하는 것도 중요해.'

화술에 대한 강의를 하면서 카네기는 경청의 중요성을 점점 깨달았어요. 그래서 화술뿐만 아니라 인간관계의 중요성도 사람들에게 가르쳐야겠다고 생각했어요. 그는 화술 강의에 인간관계를 잘 맺는 방법을 덧붙여서 강의했지요.

카네기는 인간관계를 잘 맺는 방법으로서 특히 경청을 강조하며 이렇게 말했어요.

"말을 잘하기 위해선 먼저 경청하는 사람이 되어야 합니다. 상대방이 나의 말에 흥미를 갖게 하고 싶다면 내가 먼저 상대에게 흥미를 갖도록 하세

요. 상대방이 대답하기 좋은 질문을 던지고, 상대방의 말에 진심으로 경청

해 주세요. 그러면 상대방도 내게 관심을 가질 것입니다."

또한 이렇게 덧붙였지요.

"목이 아픈 사람에게 그 고통은 아프리카의 거대한 지진보다 더 심각하게 느껴질 거예요. 그는 무엇보다 목 아픈 데에만 관심이 있을 뿐이죠. 이와 마찬가지로 사람들은 자신의 문제에 가장 관심이 크기 마련이에요. 대화할 때 이 사실을 명심하세요!"

카네기는 1902년에 카네기 연구소를 세웠어요. 자기 계발 방법에 대해 연구하고, 이를 바탕으로 강의를 하기 위해서지요. 카네기가 세상을 떠난 후에도 카네기의 자기 계발 방법은 100년이 넘도록 이어지고 있어요. 지금도 많은 사람들이 카네기의 강의를 듣고 있지요. 그만큼 관계를 맺는 법과 대화의 중요성은 시간이 흘러도 변함이 없기 때문이에요.

식물학자의 말에 흥미를 갖고 관심을 기울인 것만으로도 카네기는 대화를 잘하는 사람이 될 수 있었어요. 카네기의 대화법을 배워 보세요. 말을 잘하는 것만이 대화를 잘하는 방법은 아니에요. 상대의 말에 흥미를 갖고 경청하면 대화를 잘하는 사람이 될 수 있답니다.

흥미 있는 대화를 위한 경청은 어떻게 하나요?

☀ 이야기를 흘려듣지 않아요

내가 전혀 모르는 이야기라도 집중해서 들어 보세요. 친구의 이야기를 통해 내가 모르던 지식을 쌓을 수 있어요. 내가 알지 못했던 장소를 새로이 알게 되고, 먹어 본 적 없는 새로운 음식의 맛을 친구의 이야기를 통해 상상할 수도 있지요. 이처럼 귀를 기울여 들으면 관심 없던 주제에도 흥미가 생길 수 있어요.

☀ 이야기 주제에 관련된 질문을 해요

친구가 나보다 어떤 주제에 대해 더 잘 안다면 질문하는 것을 부끄러워하거나 주저하지 마세요. 질문을 던지면 친구는 관심을 받는 것에 무척 신이 나서 더 자세히 이야기해 줄 거예요. 그러면 대화도 더 풍성해지고 새로운 지식도 쌓을 수 있답니다.

☀ 이야기가 끝나면 고마움을 표현해요

이야기를 들은 후, "새로운 이야기를 들려줘서 고마워. 재미있었어!"라고

친구에게 고마움을 표현하세요. 친구는 흥미를 갖고 재미있게 들어 준 나

와 계속 즐거운 대화를 나누고 싶어 할 거예요.

스티븐 스필버그

• 관계를 친밀하게 하는 듣기

스티븐 스필버그 감독의 영화 〈이티〉는 외계인 이티가 지구에 와서 아이들을 만나 우정을 나누는 모험 영화예요.

그가 한창 〈이티〉를 촬영하고 있을 때의 일이었어요.

"레디, 액션!"

스필버그 감독의 신호가 떨어지자 거티 역을 맡은 아역 배우가 연기를 시작했어요. 주인공 엘리어트의 여동생인 거티가 외계인인 이티를 처음 만나는 장면이었지요. 거티의 눈앞에 불룩 나온 배에 커다란 머리와 큰 눈, 기다란 손가락을 가진 이티가 슬며시 모습을 드러냈어요. 촬영장의 모든 제작진이 숨을 죽이며 거티의 대사를 기다렸어요.

거티는 이티의 징그러운 발을 보고 깜짝 놀라 외쳤어요.

"으악, 징그러워!"

실감 나는 연기였지만, 제작진은 난처한 얼굴로 서로를 쳐다봤어요. 거티가 외친 말은 대본에 없는 대사였거든요. 거티 역을 맡은 아역 배우가 이티를 보고 너무 징그러워서 그만 소리를 질러 버리고 만 거예요. 아역 배우가 실수를 했으니 그 장면을 다시 촬영해야 했지요. 하지만 스필버그는 촬영을 멈추지 않고 계속 진행했어요.

'그래! 아이들이라면 이티를 보고 징그러워서 저렇게 소리를 지르는 게 당연할 거야.'

스필버그는 이렇게 생각하고는 아역 배우의 자연스러운 반응을 그대로 영화에 담았어요.

〈이티〉를 촬영하는 동안 스필버그는 출연하는 아역 배우들이 자연스럽게 연기할 수 있도록 배려해 주었어요. 어리다고 무시하거나 윽박지르지 않았으며 성인 배우를 대하는 것처럼 존중해 주었지요.

"감독님! 여기선 이렇게 연기하면 어떨까요?"

아역 배우가 물으면 스필버그는 웃으며 이렇게 대답했어요.

"그래, 좋아! 아주 괜찮은 생각이구나."

이처럼 스필버그는 아역 배우들의 의견에도 항상 귀를 기울였어요. 아역 배우들에게 스필버그는 친구 같은 감독님이었어요. 아역 배우들은 스필버그를 무서워하지 않고, 언제든 궁금한 점을 물어보고 자신의 의견을 말했어요. 그래서 촬영 내내 재미있게 연기할 수 있었지요.

'아이들을 위한 영화인만큼 아이들의 시선으로 모든 것을 바라봐야 해!'

이렇게 생각한 스필버그는 아이들의 눈높이에 맞춰 영화 〈이티〉를 촬영했어요. 어른의 시선으로 촬영한다면 카메라가 아이들을 내려다보겠지만, 카메라를 아이들의 눈높이에 맞춰 촬영한 덕에 화면에서 아이들을 정면으로 볼 수 있었지요. 그래서 영화의 모든 장면을 어른의 시선이 아닌 아이의 시선으로 볼 수 있게 되었어요.

스필버그는 아역 배우들을 위해 한 가지 아이디어를 더 냈어요.

"아이들이 영화에 몰입할 수 있도록 이야기 순서대로 찍는 게 좋겠어!"

원래 영화를 촬영할 때에는 필요성과 효율성을 따져서 장면의 순서를 생각하지 않고 찍은 뒤, 필름을 편집할 때 순서를 맞추었어요. 하지만 스필버그는 영화에 출연하는 아이들이 좀 더 몰입해서 연기할 수 있도록 이야기가 진행되는 순서에 따라 촬영을 한 것이지요.

이렇듯 스필버그는 아이들을 잘 이해하기 위해 노력했어요. 그 덕분에

　　〈이티〉에 출연한 아역 배우들은 더욱더 실감 나는 연기를
할 수 있었지요. 1980년대에 개봉한 〈이티〉는 많은 아이들뿐만 아니라 어
른들에게도 놀라움과 감동을 안겨 주었어요. 아역 배우들의 연기와 귀여운
외계인 이티의 행동이 관객들을 울고 웃게 만들었지요. 엘리어트와 이티가
손가락을 맞대는 장면이나 자전거가 하늘을 나는 장면은 지금까지도 많은
사람들의 머릿속에 기억되는 명장면으로 꼽힌답니다.

최고가 된 위인

〈이티〉, 〈쥬라기 공원〉, 〈우주 전쟁〉 등 훌륭한 영화를 만들어 많은 관객의 사랑을 받은 스티븐 스필버그 감독은 1946년에 미국의 신시내티에서 태어났어요. 스필버그는 어렸을 때 아버지에게 선물받은 카메라로 사진을 찍기 시작하면서 처음으로 영화감독을 꿈꾸게 되었어요. 부모님은 스필버그가 영화에 관심이 있다는 걸 누구보다 먼저 알아채고 든든한 지원군이 되어 주었어요. 덕분에 스필버그가 열 세 살 때 찍은 영화가 극장에서 상영되기도 하였어요. 그리고 스물여덟 살의 젊은 나이에 영화 〈죠스〉로 천재 감독이라 불리며 전 세계적으로 이름을 알리게 되었지요.

텔레비전 쇼의 한 인터뷰에서 스필버그는 이렇게 말했어요.

"저는 귀를 기울이지 않는 사람을 좋아하지 않아요."

스필버그의 말에 사회자가 물었어요.

"그 이유가 뭐죠?"

"이야기를 듣지 않는 사람은 사람과 관계를 맺으려고 하지 않는 차갑고 외로운 사람이거든요."

마찬가지로 스필버그는 영화를 촬영할 때도 '경청'을 가장 중요하게 생각했어요. 한 편의 영화를 찍으려면 수많은 제작진이 함께 작업을 해요. 따라서 순조롭게 영화 촬영을 하기 위해서는 서로 좋은 관계를 맺는 일도 무척 중요하지요. 스필버그는 함께 작업하는 사람들의 말에 적극적으로 귀를 기울이며 그들과 친밀한 관계를 맺어 나갔어요. 영화에 관한 조언이라면 어떤 의견도 기쁘게 들었지요. 무조건 감독의 의견을 따라야 한다고 자존심을 내세우는 일도 없었어요.

"스필버그 감독님, 다음 장면에선 대사를 이렇게 바꿔 보고 싶어요."

배우들이 자신의 배역에 대해 자유롭게 의견을 말하면 스필버그는 기꺼이 그 의견을 듣고 함께 고민했어요. 그리고 배우가 대본에 없는 즉흥 연기를 펼치는 것도 환영했어요. 스필버그의 경청하는 태도 때문에 배우와 제작진은 그를 믿고 따르며, 영화 촬영에 더욱더 적극적으로 참여했어요. 영화 〈뮌헨〉에 출연한 한 배우는 스필버그에 대해 이렇게 말했어요.

"스필버그 감독님은 마치 오케스트라를 지휘하는 지휘자 같았어요!"

오케스트라가 멋진 음악을 연주해 낼 수 있도록 이끄는 지휘자처럼 스필버그가 각자의 실력을 뽐내 멋진 영화를 만들어 낼 수 있도록 제작진을 이끌었다는 뜻이지요. 경청을 통해 관계를 돈독히 하면서 말이에요.

경청은 좋은 인간관계를 맺는 데 많은 도움이 될 수 있어요. 친구의 말을 경청해 보세요. 관계를 더욱 돈독하게 해 주는 힘을 줄 거예요.

관계를 돈독하게 해 주는 경청의 힘

❋ 친구에게 좋은 인상을 줄 수 있어요

친구의 이야기에 귀를 기울이면 내 인상이 좋아질 거예요. 왜냐하면 자신의 이야기에 귀를 기울여 주면 존중받고 있다는 느낌이 들기 때문이에요. 나를 존중해 준 친구는 좋은 친구로 기억될 수 있지요.

❋ 이야기를 나누고 싶은 친구가 될 수 있어요

이야기를 잘 들어 주지 않는 친구에게는 이야기를 하기 싫어져요. 반대로 내 이야기에 귀를 기울여 주는 친구라면 신이 나서 이야기를 들려주고 싶지요. 친구의 이야기를 잘 들어 주다 보면 어느새 내 주변은 나와 대화하고 싶어 하는 친구들로 가득할 거예요.

☀ 오랜 우정을 유지할 수 있어요

내 이야기를 잘 들어 주고 잘 기억해 주는 친구는 오래오래 곁에 두고 싶어요. 친구와 오랜 우정을 이어 가는 데 중요한 것은 바로 경청이랍니다. 경청을 통해 마음을 헤아리는 것이 굳건한 관계를 만드는 첫걸음이거든요.

어니스트 헤밍웨이
• 적극적으로 듣기

어니스트 헤밍웨이가 미국의 한 출판사 편집자에게 다음과 같은 편지를 보냈어요.

'늙은 어부에게 흥미로운 이야기를 들었어. 그래서 나도 배를 타고 바다로 나가 보려고 해.'

헤밍웨이는 이 당시에 쿠바의 수도인 아바나에서 머물고 있었어요. 그는 이곳에서 글을 쓰기도 하고, 바닷가에 나가 낚시를 하거나 카페에서 술을 마시며 여유를 즐기기도 하였지요. 헤밍웨이는 카페에서 자연스레 어부들과 이야기를 나누었어요. 그래서 어부들이 어떻게 생활하는지, 바다의 삶은 어떤지 많은 이야기를 들었지요. 그러던 중 한 늙은 어부가 헤밍웨이에게 흥미로운 이야기를 들려주었어요.

"내가 얼마 전에 바다로 나가서 엄청나게 큰 청새치를 잡았다오. 크기가 어마어마해서 도저히 배로 끌어 올릴 수도 없을 정도였소. 내가 청새치랑 힘겨루기를 하며 싸우고 있는데, 상어 떼가 잔뜩 몰려오더니 내 청새치를 홀라당 다 먹어 치웠지 뭐요!"

청새치는 길이가 5미터나 되고, 몸무게는 9백 킬로그램까지 나가는 큰 물고기예요. 헤밍웨이는 늙은 어부의 이야기를 귀 기울여 듣다가 이런 생각을 했어요.

'어쩌면 이 이야기를 소재로 소설을 써도 좋겠는걸.'

헤밍웨이는 늙은 어부에게 부탁해서 배를 타고 함께 바다로 나갔어요. 바다에 나가 직접 낚시를 하면서 어부가 느꼈을 감정을 자기도 고스란히 느껴 보고 싶었던 것이지요.

"저기! 청새치가 걸려들었소!"

늙은 어부가 외쳤어요. 낚싯줄은 커다란 청새치의 무게 때문에 팽팽해졌어요. 헤밍웨이는 어부와 함께 청새치를 잡아 올리려고 안간힘을 썼지요.

"아니, 이런! 청새치가 너무 무거워서 낚싯대로는 끌어 올릴 수 없잖아!"

그때 저 멀리 상어 떼들이 몰려오기 시작했어요. 헤밍웨이는 청새치를 빼

앗기지 않으려고 애를 썼어요. 하지만 결국 상어 떼가 청새치를 다 물어뜯어 먹어 버려 뼈만 남았지요. 헤밍웨이는 무척 허탈한 기분이 들었어요. 그리고 이 경험을 소설로 쓰고 싶어졌어요.

바다에서 돌아온 헤밍웨이는 곧바로 글을 쓰기 시작했어요. 84일 간이나 물고기를 잡지 못한 늙은 어부 산티아고의 이야기였어요. 늙은 어부에게 들은 이야기와 헤밍웨이가 직접 바다에서 보고 듣고 느낀 내용을 바탕으로 썼어요.

1952년 9월 8일, 헤밍웨이는 이 소설을 발표했는데, 그 책의 제목이 바로 《노인과 바다》예요.

광활한 바다에서 벌어지는 노인의 이야기는 많은 사람들에게 큰 감동을 주었지요. 이 작품으로 헤밍웨이는 퓰리처상과 노벨 문학상을 수상했어요. 헤밍웨이가 늙은 어부의 이야기를 귀담아듣고 탄생시킨 작품 《노인과 바다》는 지금까지도 많은 사람들의 사랑을 받고 있는 헤밍웨이의 대표작이랍니다.

최고가 된 위인

1899년에 미국의 시카고 교외의 오크파크에서 태어난 어니스트 헤밍웨이는 어려서부터 책을 좋아하는 아이였어요. 직접 경험하지 않아도 책을 읽으면 자신이 경험한 것처럼 대신 경험할 수 있기 때문이지요. 아버지는 책벌레인 헤밍웨이에게 활동적인 경험도 하기를 바랐어요.

"아버지와 함께 호수로 낚시하러 가지 않겠니?"

이렇게 아버지를 따라 시작하게 된 낚시는 헤밍웨이의 평생 취미가 되었지요. 아버지는 아들에게 세상에서 벌어지는 다양한 이야기들을 들려주기 위해 노력했어요. 그 덕분에 헤밍웨이의 모험심은 점점 커졌지요.

고등학교를 졸업한 헤밍웨이는 열일곱 살의 어린 나이에 기자가 되었어요. 그는 열심히 기자 생활을 하면서 글쓰기 실력을 계속 쌓을 수 있었지요. 그러던 중 제1차 세계 대전이 일어났어요.

'전쟁터에 나가 전쟁을 직접 보고, 경험하고 싶어.'

헤밍웨이는 바로 일반 병사에 지원했지만, 시력이 워낙 나빴기 때문에 떨어지고 말았어요. 헤밍웨이는 포기하지 않고 다시 운전병에 지원했고 결국 전쟁터에 나가 수많은 경험을 했지요. 헤밍웨이가 겪은 제1차 세계 대전과 제2차 세계 대전에서의 경험은 그의 소설책《무기여 잘 있거라》와《누구를 위하여 종은 울리나》에 생생하게 녹아 있어요.

헤밍웨이는 아프리카를 여행하다가 두 번이나 비행기 사고를 당하기도 했어요. 그의 단편 소설 〈킬리만자로의 눈〉은 아프리카 여행의 경험을 바탕으로 쓴 것이에요. 죽을 뻔한 비행기 사고를 겪으면서도 헤밍웨이는 세계 곳곳을 누비며 모험을 계속했어요. 그래서 헤밍웨이의 소설에는 헤밍웨이가 세계 곳곳을 여행하며 듣거나 겪은 이야기들이 잘 녹아 있지요.

좋은 작품을 위해 헤밍웨이는 이야기가 있는 곳이라면 어디든 적극적으로 달려갔어요. 영화로도 만들어진《누구를 위하여 종을 울리나》는 헤밍웨이가 특파원 자격으로 에스파냐 내전을 취재해서 쓴 소설이에요. 언제나 귀를 쫑긋 세우고 있었지요. 그곳에서 헤밍웨이는 전쟁에 참여한 병사들의 이야기를 귀담아들었어요.

"전쟁은 정말 지긋지긋해."

"난 지난 전투에서 다리를 크게 다쳤다네."

헤밍웨이가 들은 생생한 이야기들은 그가 소설을 쓰는 데 많은 도움이 되었지요. 경청으로 멋진 작품을 완성한 거예요.

헤밍웨이는 경청의 중요성을 알고 《헤밍웨이의 글쓰기》라는 책에서 이렇게 이야기했어요.

"사람들이 말을 할 때는 집중해서 그 이야기를 듣도록 하게. 대부분의 사람들은 다른 사람의 이야기를 귀담아듣지 않아. 또 천천히 관찰하지도 않지. 어떤 공간에 들어갔다가 나올 때는 그 공간에서 본 모든 것을 철저히 기억하고 있어야 해. 뿐만 아니라 그곳에서 본인이 어떤 감정을 느꼈고 왜 그렇게 느꼈는지도 깨달아야 한다네."

경청은 헤밍웨이가 글을 쓰기 위해 필요한 아주 중요한 습관이었어요. 헤밍웨이 뿐만 아니라 많은 작가들도 글을 쓰기 위하여 여러 사람들의 생생하고 재미있는 이야기에 귀를 기울인답니다. 나의 주변 사람을 인터뷰하면 어떤 이야기를 들을 수 있을까요? 엄마가 내 나이였을 때는 어떤 모습이었을까요? 아빠도 나처럼 사고뭉치 개구쟁이였을까요? 나도 헤밍웨이처럼 주변 사람들의 이야기에 귀를 기울여 보세요.

경청하며 인터뷰를 해 보세요

☀ 1. 인터뷰 대상을 정해요

먼저 내가 듣고 싶은 이야기의 주제를 정해요. 그런 다음 그 주제에 대해

가장 잘 알고 있는 인터뷰 대상자를 찾아요. 그리고 정중하게 인터뷰를

부탁해요.

☀ 2. 인터뷰할 사람에 대해 미리 조사해요

인터뷰를 하기 전에 인터뷰할 사람에 대하여 미리 기본적인 정보를 알면

좋아요. 그렇게 하면 인터뷰할 때 더욱 충실한 시간을 만들 수 있어요. 상

대의 관심거리나 취미를 미리 알아 두면 인터뷰 때 분위기를 편안하게 만

들 수 있어요. 또한 상대방에게 호감을 줄 수가 있어요.

☀ 3. 인터뷰할 질문을 미리 준비해요

무엇을 인터뷰할지 생각하며 상대방에게 묻고 싶은 질문을 미리 적어 놓아요. 그러면 인터뷰가 끝난 후에 하지 못한 질문이 생각나서 아쉬워지는 것을 막을 수 있어요. 또한 미리 적어 놓은 질문지를 인터뷰 대상자에게 미리 보내고, 대답을 충실하게 준비할 여유를 주는 것도 좋아요.

☀ 4. 인터뷰할 때 중요한 내용은 녹음을 해요

인터뷰하는 사람의 말을 그대로 종이에 옮겨 적으면 말하는 속도를 따라가지 못해 이야기를 놓칠 수도 있어요. 인터뷰할 때 녹음기로 녹음하면서 중요한 단어나 어려운 단어만 빠르게 메모하는 것이 좋은 방법이에요. 나중에 녹음된 인터뷰를 들으면 놓쳤던 내용도 다시 들을 수 있답니다.

❄ 5. 인터뷰한 내용을 글로 정리해요

인터뷰를 잘 마쳤나요? 그렇다면 이제 인터뷰한 내용을 글로 옮겨 보세

요. 궁금했던 주제에 맞게 인터뷰 내용을 요약하고 정리하면 멋진 인터뷰

가 완성될 거예요.

당 태종
• 비판을 듣기

당나라의 황제가 된 이세민 앞에 위징이란 자가 붙잡혀 왔어요.

위징은 이세민의 형인 이건성의 신하였어요. 이건성은 원래 황제의 뒤를 이을 태자였지만, 동생 이세민이 이건성을 죽이고 황제가 되었지요. 이건성이 살아 있을 때 위징은 이건성에게 이세민을 죽여야 한다고 주장했어요. 그 사실을 나중에 알게 된 당 태종 이세민이 위징을 붙잡아 오라고 명령한 것이지요.

당 태종이 위징에게 물었어요.

"네가 형에게 나를 죽이라고 주장했느냐? 아주 괘씸하구나."

"저는 태자를 모시는 사람으로서 그분을 위해 마땅히 해야 할 말을 한 것 뿐입니다. 돌아가신 태자께서 그때 제 말을 들으셨다면 아마도 죽임을 당

하지는 않았을 것입니다."

위징은 당 태종 앞에서도 당당하고 솔직하게 말했어요. 당 태종은 위징의 모습에 잠시 당황했지만 그의 충성심이 마음에 들었어요. 그래서 위징에게 큰 벌을 내리려고 했던 생각을 그만두고 이렇게 물었어요.

"너의 충직하고 강직함이 내 마음에 들었다. 이제 형이 없으니 나를 도와 이 나라의 발전에 힘쓰는 것이 어떻겠냐?"

당 태종은 위징을 달래어 자신의 신하로 삼으려고 하였어요.

"아니, 적을 신하로 받아들이다니요? 아니 되옵니다!"

하지만 신하들의 반대에도 무릅쓰고 당 태종은 위징을 간의대부로 임명했어요. 간의대부는 황제의 곁에서 황제가 하는 일에 대하여 옳고 그름을 지적하는 직책이었지요.

간의대부가 된 위징은 평생을 당 태종의 곁에서 조언을 했어요. 황제라고 해서 눈치를 살피거나 말을 아끼는 법 없이 비판을 서슴지 않았지요.

한번은 이런 일이 있었어요. 낙양 지역으로 행차를 하던 당 태종이 도중에 소인궁에 들러 잠시 휴식을 취하고 있을 때였어요. 식사 시간이 되어 당 태종 앞에 밥상이 차려졌는데, 밥상을 한 차례 둘러보던 당 태종이 인상을 쓰며 말했어요.

"명색이 내가 이 나라의 황제인데, 어찌 이렇게 부실한 상을 내올 수 있
단 말이냐!"

당 태종은 노발대발 화를 냈어요. 그러자 곁에 있던 위징이 말했어요.

"폐하, 옛날 수나라 양제는 툭하면 먹을 것이 없다고 화를 내거나 백성들
이 먹을 것을 바치지 않는다고 꾸짖은 까닭에 백성들의 노여움을 사서 멸
망했습니다. 그 이야기를 교훈 삼아 참으십시오. 아무리 초라한 음식이라
도 만족하셔야 하옵니다."

당 태종은 위징의 말에 깊이 뉘우쳤어요.

"위징, 그대의 말이 옳다. 내 여태껏 한번도 지금과 같은 충고는 받아 본 적이 없었는데……. 고맙구나."

당 태종은 위징에게 후한 상을 내렸어요.

한번은 이런 일도 있었어요. 어느 날, 한 신하가 당 태종에게 와서 머리를 조아리며 말했어요.

"폐하, 관리들이 월왕 마마를 무시한다고 하옵니다."

"뭣이! 내 아들을 무시한다고?"

몹시 화가 난 당 태종은 곧 관리들을 불러 모았어요.

"누가 내 아들을 무시했단 말이냐? 가만히 두지 않을 테다!"

신하들은 벌벌 떨며 당 태종에게 용서를 빌었어요. 하지만 위징은 오히려 허리를 꼿꼿이 세우고 이렇게 말했어요.

"저희들은 결코 월왕 마마를 무시한 일이 없습니다. 오히려 예를 벗어난 행동을 하시는 건 폐하이십니다. 예부터 신하는 황제의 자녀와 같은 대우를 받아 왔습니다. 그런데 지금 폐하의 태도는 신하들에 대한 예의를 전혀 갖추지 않고 계시지 않습니까?"

위징의 말에 당 태종은 자신의 태도가 부끄러워졌어요.

"내가 그만 이성을 잃고 화를 내고 말았구나. 행동이 경솔하고 이치에 맞지 않았도다. 군주는 말을 조심할 줄 알아야 하는 법. 다음부터는 주의하도록 하겠다."

위징의 말에 깨달음을 얻은 당 태종은 자신의 잘못을 뉘우치고 신하들에게 사과했답니다.

최고가 된 위인

당 태종은 중국의 역사상 가장 위대한 황제로 손꼽히고 있어요. 스물여덟 살의 나이에 황제가 되어 23년 동안 훌륭한 정치로 나라를 평화롭게 다스렸기 때문이지요. 당 태종이 당나라를 훌륭하게 다스릴 수 있었던 것은 그가 신하들의 의견을 적극적으로 경청하고 받아들였기 때문이었어요.

당 태종이 세상을 떠나고 50년 뒤, 사람들은 《정관정요》라는 책을 만들어 당 태종이 어떻게 경청을 하고 정치를 하였는지, 또한 어떻게 신하들과 대화했는지 기록해 두었어요.

그중에서도 위징은 당 태종에게 300번 이상 간언한 충신으로 잘 알려져 있어요. 하지만 가끔은 위징의 비판이 너무 날카로워 당 태종이 화를 낼 때도 있었어요.

한번은 회의를 마치고 나온 당 태종이 잔뜩 화가 나서 말했어요.

"내 그놈을 가만두지 않겠어!"

그 말을 들은 황후가 깜짝 놀라 물었어요.

"폐하, 무슨 일이시옵니까?"

"위징이란 놈이 오늘 신하들 앞에서 날 어찌나 지적하던지 창피해서 혼났소!"

당 태종은 황후에게 회의에서 있었던 일을 말해 주었어요. 그러자 잠자코 듣던 황후가 갑자기 일어나서 당 태종에게 절을 올리는 게 아니겠어요?

"아니, 왜 이러시오?"

당 태종은 깜짝 놀라 물었어요.

"폐하, 예로부터 임금이 현명하면 신하가 곧은 말을 할 수 있다고 하였습니다. 위징이 그리 곧은 말을 할 수 있는 건 폐하께서 현명한 임금이시라는 증거가 아닙니까. 이런 기쁜 일이 어디 있겠습니까? 그래서 절을 올렸습니다."

황후의 말에 당 태종은 크게 깨달았어요.

당 태종은 나라를 평화롭게 만들고 백성들을 잘 살게 하여 모든 백성들의 존경을 받았어요. 신하들은 저마다 당 태종을 존경하고 명령을 잘 따랐지요. 하지만 위징처럼 당 태종이 하는 일을 객관적으로 조언하고 비판하는 신하는 없었어요. 신하의 말도 경청할 줄 아는 당 태종도 훌륭했지만, 위징처럼 충직한 조언을 아끼지 않았던 신하가 있었기 때문에 자만하지 않고 나라를

더욱더 잘 이끌어 나갈 수 있었던 거예요. 황후는 이 사실을 당 태종에게 일깨워 준 것이지요.

세월이 흘러 위징이 세상을 떠나자, 당 태종은 무척 슬퍼하며 직접 위징의 묘비에 비문을 써 주고 이렇게 말했어요.

"아, 거울을 잃었도다."

거울은 자신의 모습을 비춰 보고 잘못된 점은 고칠 수 있게 하지요. 당 태종은 위징을 거울과 같은 존재라고 생각했던 거예요.

당 태종이 위징의 비판을 받아들여 나라를 잘 다스릴 수 있었듯이 비판을 수용하면 나를 더 성장시킬 수 있어요. 상대방의 비판을 통해 내가 갖고 있는 단점을 극복할 수도 있거든요. 누군가에게 비판이나 지적을 받았을 때 화가 난다고 귀를 막기보다는 상대방이 지적한 부분에 대해 다시 한 번 생각해 보세요. 내가 성장할 수 있는 좋은 기회랍니다.

상대의 비판은 어떻게 들어야 하나요?

☀ 감정적으로 듣지 않아요

남에게 비판을 들으면 마음이 언짢고 화가 날 거예요. 하지만 상대방의

비판에 무조건 화를 내는 모습은 옳지 않아요. 상대방이 그렇게 비판한

데에도 나름의 이유가 있을 테니까요. 그렇다고 내가 부족한 사람이라고

느끼고 슬퍼하거나 우울해할 필요도 없어요. 부족하거나 잘못된 부분은

고쳐 나가면 되니까요. 중요한 것은 그러한 비판을 겸허히 받아들일 줄 아

는 내 마음의 자세랍니다.

☀ 객관적으로 듣고 문제점을 찾아요

나를 비판한 사람이 누구냐에 초점을 두지 말고, 어떤 비판을 했는지에

초점을 맞추고 신중하게 생각해 보세요. 내가 왜 그런 비판을 받게 되었

는지, 나의 단점은 무엇인지를 파악하는 것이 제일 중요하답니다.

✳ 비판을 받아들이고 단점을 고쳐 나가요

상대방의 비판을 통해 알게 된 나의 단점을 어떻게 하면 고칠 수 있을지 해결 방법을 찾아보세요. "나는 앞으로 이런 단점을 고치려고 해."라고 친구나 부모님에게 솔직히 말하고, 단점을 고칠 방법을 함께 고민해 보는 것도 좋아요. 나의 결심을 모두에게 말한 셈이 되니 약속을 지키려고 더욱 노력하게 될 테니까요.

빌 게이츠

• 대화를 이끌어 내는 듣기

빌 게이츠는 무척 똑똑한 아이였어요. 초등학교 때 《백과사전》을 모조리 외울 정도였지요. 한번은 선생님께서 인체 부위에 대해 조사해 오라는 숙제를 내주셨는데, 다른 친구들은 다섯 페이지 정도의 보고서를 써 온 반면에 빌은 30페이지가 넘는 보고서를 써 왔어요. 그리고 그 내용은 고등학생이 쓴 것보다 훌륭한 수준이었지요.

"머리부터 발끝까지 자세하게 조사했어요. 이 정도면 충분하지요?"

깜짝 놀란 선생님의 표정을 보고 빌은 어깨를 으쓱하며 말했어요. 하지만 빌의 이런 모습이 친구들에게는 잘난 척하는 것처럼 보이기도 했어요.

"쳇, 자기가 쓴 보고서가 완벽하다고 자신하는가 보지? 정말 재수 없어."

"맞아. 지난번 토론 시간 때도 내 의견은 덮어놓고 반대하더군. 자기가 그렇게 잘났나?"

친구들은 빌에게 불만이 많았어요. 사실 친구들의 말처럼 빌은 토론 시간이면 친구들의 의견을 무시하거나 부정적인 말을 해서 친구들의 마음을 상하게 하곤 했어요. 그래서 친구들은 빌과 어울리려고 하지 않았어요.

이런 빌의 행동에 문제가 있다고 생각한 아버지는 걱정이 되었어요. 어떤 때는 빌이 아버지의 말도 잘 듣지 않고 제멋대로 행동했기 때문이에요.

그러던 어느 날, 빌이 집에서 올림피아드 수학 문제를 풀고 있을 때였어요. 문제가 너무 어려워서 끙끙거리고 있는데, 누나인 크리스티가 빌에게 다가와 말했어요.

"누나가 도와줄게!"

하지만 빌은 누나의 제안을 매몰차게 거절했어요.

"누나 도움은 필요 없어!"

크리스티는 무안해진 마음에 얼굴이 빨개졌어요. 이를 본 아버지가 빌을 꾸짖었어요.

"빌, 누나가 널 위해 도와준다고 한 건데, 어째서 거절을 하는 거니?"

그러자 빌이 뾰로통하게 대답했어요.

"누나가 문제를 풀어 주는 게 싫어서 그랬어요."

"애야, 누나는 중학생이잖니? 누나는 네가 풀지 못하는 그 문제를 풀 수 있단다."

"알아요. 하지만 누나가 도와주면 저는 뭘 배우겠어요? 시간이 더 걸리더라도 제가 끝까지 풀어 보겠어요."

아버지는 빌의 말에도 일리가 있다고 생각했어요. 하지만 이번 기회에 빌에게 다른 사람의 말에 귀를 기울이는 법을 알려 줘야겠다고 생각했지요.

"빌, 네 말도 맞아. 스스로 하는 것은 좋은 일이지. 하지만 남의 말을 경청하는 것도 그만큼 중요하단다."

그러자 호기심 많은 빌이 물었어요.

"경청이요?"

"그래. 다른 사람의 의견을 귀 기울여 듣는 걸 말하지. 설령 그 이야기가 너를 비판하거나 네가 듣고 싶어 하는 내용이 아니라고 할지라도 말이야. 아까와 같은 경우도 그래. 누나가 그 문제를 왜 풀어 주겠다고 했는지 그 의도에 대해 들어 본 후에 거절해도 늦지 않았을 텐데, 넌 단번에 거절했지. 그건 정말 경솔한 행동이란다."

빌은 아버지의 말에 아무 말도 할 수 없었어요. 아버지는 계속 말씀하셨어요.

"잊지 마라. 좋은 비판은 네게 도움이 된다는 것을 말이다."

"네? 비판이 도움이 된다고요?"

"그래. 나보다 더 많이 아는 사람이 나의 잘못을 지적한다면, 그부분은 고치는 것이 내게 유익할 테니깐 말이다. 만약 그러한 비판을 받아들이고 고치려 노력한다면, 너 또한 한 단계 발전하게 될 거야."

빌은 아버지의 말을 이해하고 고개를 끄덕였어요.

"아, 그래서 경청이 중요하다는 말씀이시군요."

"그렇단다. 누나의 말도, 선생님의 말씀도, 친구들의 의견도 경청을 하면 네게 도움이 될 수 있단다."

"네, 아버지. 이제 경청을 잘할게요!"

빌과 아버지는 서로 얼굴을 마주보며 씩 웃었답니다.

최고가 된 위인

1955년 10월 28일에 미국 워싱턴 주에서 태어난 빌 게이츠는 어릴 때부터 무엇이든 일등을 해야 직성이 풀리는 아이였어요. 테니스도 일등, 퍼즐 맞추기도 일등, 수학도 일등을 했지요. 자신이 관심을 갖는 것이라면 뭐든 잘할 때까지 손을 놓지 않았어요.

하지만 천재라 불리던 빌도 자만심에 빠져 있던 적이 있었어요. 부모님은

이런 빌이 친구들과 어울려 사회성을 배우게 하기 위해서 보이 스카우트에 보냈어요. 빌이 컴퓨터에 빠져 다른 것에는 눈길도 주지 않자, 일 년간 컴퓨터를 아예 못하게 하기도 했고요. 덕분에 자만심 강하고 제멋대로였던 소년 빌은 다른 사람을 이해할 줄 아는 어른으로 자라게 되었던 거예요.

다른 사람의 의견에 귀를 기울이는 습관은 빌 게이츠가 마이크로소프트사를 운영할 때에도 큰 도움이 되었어요. 스무 살 때 마이크로소프트사를 차린 빌 게이츠는 그가 개발한 윈도우 운영 체제로 많은 사람들이 컴퓨터를 편리하게 사용할 수 있도록 해 주었어요. 하지만 빌 게이츠는 이 모든 것을 자기 혼자서 이룬 것이라고 생각하지 않았어요. 직원들의 생각을 경청한 것이 큰 도움이 되었다고 생각했지요. 빌 게이츠는 회의를 할 때 언제나 직원들의 말에 귀를 기울였어요. 그리고 이렇게 말했어요.

"정말? 대단해! 그래서 어떻게 됐는데?"

빌 게이츠의 말은 의견을 내는 직원에게도 큰 힘이 되었어요. 사장이 자신의 이야기에 귀를 기울이고 있다는 느낌을 받았기 때문이지요. 대화를 할 때 듣는 사람의 바른 자세나 적절한 맞장구는 말하는 사람이 이야기를 편하게 할 수 있도록 해 주거든요. 빌 게이츠의 태도 덕분에 마이크로소프트사의 직원들은 언제나 좋은 의견을 낼 수 있었답니다.

바른 태도로 친구를 대하고 잘 들어 주면 친구는 더욱 신이 나서 이야기를 들려줄 거예요. 친구들의 말을 무시하던 빌 게이츠가 노력하여 경청을 잘하는 아이로 바뀐 것처럼 바르게 경청하는 자세를 배워 보세요.

바르게 경청하는 태도는 무엇인가요?

✳ 재촉하지 않고 들어요

친구가 말할 시간을 충분히 주세요. 친구가 말하는 도중에 끼어들면 친구의 자신감이 뚝 떨어지게 돼요. 친구의 말이 느리거나 이야기가 길어져도 재촉하지 말고 이야기를 모두 들어 주세요.

✳ 맞장구를 치며 들어요

빌 게이츠는 "정말?", "대단해!", "그래서 어떻게 되었는데?"라는 말로 상대방이 적극적으로 이야기를 하도록 이끌어 주었어요. 맞장구는 말하는 상대를 흥이 나게 해요. 친구가 말하는 중간중간 맞장구를 쳐 주세요. 재미있으면 크게 웃고, 놀라운 이야기엔 놀라는 몸짓을 보여 주는 것도 큰 도움이 돼요.

❋ 공감하며 들어요

친구가 어떤 경험을 이야기했을 때, 적극적으로 공감해 주면서 나의 비슷한 경험도 함께 이야기해 주세요. "나도 그런 적이 있어.", "나도 그래서 힘들었어." 등 경험에 대한 이야기 혹은 그런 경험을 했을 때 어떤 방식으로 해결했는지 등에 대해 서로 이야기를 나누다 보면, 내가 생각하지 못했던 해결 방법을 알아낼 수도 있게 될 거예요.

프란치스코 교황

• 위로가 되는 듣기

"따르릉!"

어느 날, 이탈리아에 사는 열아홉 살의 대학생 카비차의 집에 전화벨이

울렸어요.

"여보세요?"

"안녕하세요. 카비차 학생인가요? 전 프란치스코 교황입니다."

카비차는 깜짝 놀라 수화기를 떨어뜨릴 뻔했어요.

"교황님이요? 정말 교황님이세요?"

"하하하, 그럼요. 카비차가 내게 보낸 편지는 잘 읽어 봤어요."

"네? 제 편지를요? 정말 읽어 보셨나요?"

카비차는 믿기지가 않아서 되물었어요. 프란치스코 교황이 직접 편지를 읽었으리라고는 생각하지도 못했거든요.

"그럼요! 편지에 대해 이야기를 나누고 싶은데 시간이 괜찮은가요?"

"물론이에요!"

며칠 전, 카비차는 편지에 자신의 고민거리를 적어 프란치스코 교황에게 보냈어요. 대학 생활과 앞으로의 진로에 대한 고민이었지요. 그런데 놀랍게도 프란치스코 교황이 편지를 읽고 직접 전화를 걸어 온 거예요. 프란치

스코 교황은 친구처럼 편안하게 카비차의 이야기를 들어 주었어요. 카비차는 통화하는 내내 친구와 고민을 나누듯이 프란치스코 교황과 대화를 나눌 수 있었지요. 프란치스코 교황과 통화를 하면서 카비차의 고민도 눈 녹듯이 사라졌어요. 카비차는 벅찬 마음으로 프란치스코 교황과의 통화를 끝냈어요.

교황이 직접 사람들에게 전화를 거는 일은 흔치 않은 일이지요. 교황이 자신에게 오는 편지를 일일이 읽어 보는 것도 쉬운 일은 아닐 거고요. 프란치스코 교황은 세계 곳곳에서 보내오는 편지를 하루에 삼천 통 이상 받아요. 그러니 그 누구도 교황이 직접 편지를 읽고 답장을 하리라고는 생각하지 못했던 거지요.

프란치스코 교황에게 온 편지 가운데는 다음과 같은 내용도 있었어요. 한 할머니가 쓴 편지였지요.

'교황님, 저는 오늘 아침에 버스를 타고 남편이 입원해 있는 병원에 가는 중이었어요. 그런데 버스 안에서 누가 갑자기 치는 바람에 넘어졌는데, 그 순간 50유로가 든 지갑을 도둑맞고 말았답니다. 50유로는 남편의 병원비인데 말이에요. 교황님, 의지할 곳 없는 저희 부부를 위해 기도해 주세요.'

프란치스코 교황은 할머니의 편지를 읽고 무척 마음이 아팠어요. 그래서 옆에 있던 수사에게 말했어요.

"당장 이 할머니에게 치료비 200유로를 보내 드리세요."

또한 프란치스코 교황은 그 후로도 자주 연락을 해서 할머니와 할아버지의 건강을 보살폈어요.

이처럼 프란치스코 교황은 편지를 보내온 많은 사람들에게 전화를 걸었어요. 그들의 고민을 들어 주고 위로를 건넸지요. 하지만 프란치스코 교황의 이런 태도를 비판하는 사람들도 있었어요.

"교황이 직접 전화를 걸다니, 대대로 내려오던 교황의 권위가 땅에 떨어지는 행동이야."

"맞아. 교황의 체면을 지켜야 한다고!"

그렇지만 많은 사람들은 다음과 같이 말했어요.

"교황님이 내 이야기를 들어 주시니 위로가 되었어!"

"교황님과 통화하고 나니 희망이 생겼어!"

지금도 프란치스코 교황은 전 세계에서 보내온 편지를 직접 읽고 있어요. 그리고 여전히 전화를 걸어 많은 사람들과 이야기를 나누고 있으며 그들의 고민을 들어 주고 있답니다.

최고가 된 위인

　프란치스코 교황은 2013년 3월 13일에 교황으로 취임하였어요. 본
명은 호르헤 마리오 베르고글리오이며, 프란치스코라는 교황의 이름은 옛
날 이탈리아의 '아시시의 성자'라 불리는 프란치스코 성인의 이름에서 따
온 것이에요. 아시시의 프란치스코는 가난한 사람들을 위하여 온몸을 바
친 성인인데, 그의 모습을 본받기 위하여 프란치스코란 이름을 받았다고
해요.

　프란치스코 교황의 훌륭한 태도는 편지뿐만이 아니에요. 프란치스코 교
황은 역대 교황들이 대대로 사용해 오던 궁전을 마다하고, 성직자들이 묵
는 작은 방을 사용하고 있어요. 역대 교황들이 타고 다니던 크고 멋진 차
대신에 20년이나 된 낡은 차를 타고 기사 없이 스스로 운전하며 다니고 있
고요. 또한 역대 교황들이 손가락에 끼던 금반지도 끼지 않았어요.

　프란치스코 교황은 프란치스코란 이름에 걸맞게 가난하고 소외된 사람
들의 목소리에 귀를 기울이는 모습을 보여 주고 있어요. 종교와 상관없이,
전쟁으로 고통받거나 굶주리는 아이들, 병으로 고통받는 사람들을 직접 찾

아가 그들의 이야기를 들어 주고 위로를 건네 주고 있어요. 빈민가를 찾아가 직접 스파게티를 만들어 함께 먹으며 이야기를 나누기도 하고요. 많은 사람들이 프란치스코 교황의 소박하고 소탈한 모습에 감동했어요.

"프란치스코 교황님이야말로 우리의 이야기를 진심으로 들어 주시는 분이야!"

"누군가 내 이야기를 들어 주는 것만으로도 충분히 치유가 된다는 걸 처음 알았어."

사람들은 이렇게 말하며 프란치스코 교황을 칭찬했어요.

또한 프란치스코 교황은 전 세계를 방문하여 평화의 목소리를 전하기도 했어요. 2014년 8월에는 아시아 최초로 우리나라를 방문했지요. 프란치스코 교황을 만나기 위해 100만 명에 가까운 많은 사람들이 서울 광장으로 모였어요. 이때 프란치스코 교황이 전한 말은 천주교 신자뿐만 아니라 천주교를 믿지 않는 사람들에게도 큰 감동을 주었지요.

교황은 우리나라에 있는 동안에도 소외받은 사람들을 제일 먼저 찾아가 그들의 이야기를 듣고 위로를 건넸어요. 짧은 일정이었지만, 프란치스코 교황은 사람들의 가슴에 희망과 감동을 새겨 주었답니다.

여러분도 프란치스코 교황처럼 사람들의 이야기에 진심으로 귀를 기울여 보세요. 귀를 기울이고 이야기를 진심으로 들어 주는 것만으로도 그 사람에게 큰 위로가 되고 힘이 될 수 있답니다.

마음을 위로해 주는 경청은 어떻게 하나요?

❊ 친구의 고민을 들어 주세요

친구의 고민을 끝까지 들어 주세요. 내가 해결해 줄 수 없는 문제라고 해서 건성으로 듣거나 이야기를 끊어 버리는 것은 좋지 못한 태도예요. 이야기를 끝까지 들어 주는 것만으로도 친구에게는 큰 위로가 될 수 있어요.

❊ 친구의 고민을 하찮게 여기지 마세요

친구의 고민을 듣고 '에이, 별일 아니잖아.'라고 함부로 판단하지 마세요. 내게는 별일이 아닐 수도 있는 것이지만, 친구에게는 아주 큰 고민일 수도 있으니까요. 특히 "내 고민이 더 큰 고민이야!"라고 말하며 고민의 크기를 비교하는 태도는 정말 좋지 않아요.

✽ 친구의 고민을 진심으로 위로해요

힘겹게 이야기를 꺼낸 친구에게 진심을 담아 위로의 말을 건네 주세요. 많은 말이나 행동이 필요한 게 아니에요. "그동안 정말 힘들었겠구나."라고 말하며 친구를 안아 주고 토닥여 주는 것만으로도 친구에게는 충분히 위로가 될 수 있어요.

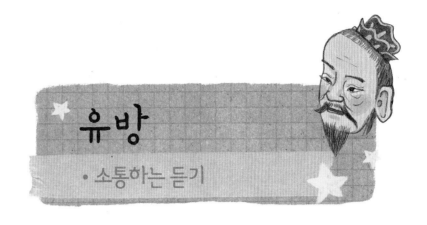

유방

● 소통하는 듣기

　진나라가 멸망한 후, 스스로 황제의 자리를 차지한 항우에게 한 가지 걱정이 있었어요. 진나라를 멸망시키는 데 큰 힘을 보탠 유방에 대한 걱정이었어요. 혹시라도 유방이 황제의 자리를 노릴까 봐 걱정이 되었거든요. 고민하던 항우는 한 가지 방법을 생각해 냈어요. 유방에게 파촉의 왕 자리를 주고, 파촉을 다스리게 해야겠다고 생각한 거예요.

　'그래, 유방을 저 멀리 파촉의 왕으로 보내 버려야겠어. 그러면 날 쉽게 공격하지 못할 거야.'

　파촉은 지금의 중국 쓰촨 성 지역을 말해요. 항우가 사는 도성에서 아주 먼, 구불구불한 산을 넘고 세찬 강을 건너서 높은 절벽에 아슬아슬하게 세운 잔도라는 다리를 한참 건너야 나오는 오지였지요.

유방은 화가 났어요. 하지만 황제가 된 항우의 말을 따르는 수밖에 없었어요. 아직 항우와 싸울 만한 힘이 없었거든요. 유방과 그를 따르는 부하들은 파촉으로 떠날 채비를 했어요.

그때 항우가 유방을 찾아와서 이렇게 말했어요.

"유방, 장량은 여기에 남게 하시오."

유방은 깜짝 놀랐어요. 장량은 유방의 든든한 부하였거든요. 항우는 장량을 인질로 잡아 놓으려 한 게 틀림없었어요.

"장량, 너와 헤어지게 되었으니 나는 어찌한단 말이냐."

장량과 헤어지게 되어 서운해진 유방이 말했어요.

"꼭 다시 만날 날이 있을 것입니다."

장량은 이렇게 말하더니, 갑자기 목소리를 낮추고 유방의 귀에 속삭였어요.

"유방님, 파촉으로 가시면 잔도를 모조리 불태우십시오."

"아니, 파촉으로 연결된 길은 잔도뿐인데 잔도를 불태우면 나중에 어떻게 나온단 말이냐?"

"제 말을 믿어 주십시오. 잔도를 태워야 다시 나올 수 있을 것입니다."

유방은 장량의 뜻을 이해할 수 없었어요. 하지만 그의 말을 따르기로 했어요. 장량은 언제나 좋은 꾀를 내어 전투에서 승리하게 해 주었거든요.

파촉으로 간 유방은 장량의 말대로 잔도를 불태웠어요.

"아이고, 우린 이 시골에 갇혀 평생을 살게 되었구먼."

"장량이 항우에게 넘어간 게 틀림없어. 그래서 우리를 죽게 하려는 거야!"

유방의 부하들은 잔도를 태운 건 어리석은 일이라며 장량을 원망했어요.

하지만 유방은 장량을 굳게 믿었어요.

한편 도성에 있던 장량은 항우를 찾아가서 유방이 잔도를 태웠다는 소식을 전했어요.

'유방이 잔도까지 불태우고 파촉으로 들어가다니. 날 공격할 생각은 전혀 없나 보군!'

항우는 안심했어요. 하지만 이것은 항우를 안심시켜 유방을 경계하지 않게 하려는 장량의 계략이었어요.

사실 파촉에는 불에 타 버린 잔도 외에도 바깥 세상과 연결되어 있는 알려지지 않은 길이 있었어요. 장량은 그 사실을 알고 있었던 거예요. 항우가 안심하는 동안 유방은 파촉에서 열심히 군사의 힘을 키웠어요. 그리고 마침내 비밀 통로를 통해 군사를 몰고 나와 항우에게 전쟁을 선포했지요.

"아차, 유방에게 당했구나!"

이런 일을 전혀 예상치 못한 항우는 깜짝 놀랐어요. 결국 황제의 자리를 두고 전쟁이 시작되었어요. 이 전쟁을 초한 전쟁이라고 불러요. 전쟁은 무려 4년 동안이나 계속되었지요. 하지만 항우와 달리 유방에게는 훌륭한 전술가인 장량이 있고, 군대의 행정을 잘 관리하는 소하가 있었어요. 전투를 잘하는 한신도 있었고요. 이 장수들의 조언을 언제나 귀담아들었던 유방은 점점 힘을 키워 나가 마침내 전쟁에서 승리했고, 한나라를 세우고 황제의 자리에 올랐어요.

황제가 된 유방은 이렇게 이야기했어요.

"나는 내 부하 장량처럼 전투를 잘하는 꾀를 내지 못한다. 그리고 소하처럼 군대에 필요한 살림을 잘 관리하지 못한다. 또한 군사들을 이끌고 전쟁에 나가 한신만큼 잘 싸울 수 없다. 하지만 나에게는 이 세 사람을 잘 다룰 수 있는 능력이 있다. 항우는 그런 능력이 없어서 내가 항우를 이기고 천하를 얻게 된 것이다."

최고가 된 위인

유방은 가난한 집에서 태어났어요. 어른이 되어서도 술만 마시고 행패를 부리며 동네의 건달이나 다름없는 생활을 하였지요. 아무도 유방이 한나라를 세울 황제가 되리라고는 예상치 못했어요. 반면에 항우는 귀족 집안에서 태어나 어려서부터 전투 실력을 쌓아 온 준비된 장수였어요.

그런데 유방이 어떻게 항우를 이기게 되었느냐고요? 그것은 바로 유방이 경청하는 태도를 가졌기 때문이에요.

유방의 군대와 싸움이 끝나면 항우는 부하들에게 늘 이렇게 말했어요.

"내 실력이 어떠냐! 대단하지?"

반면에 유방은 이렇게 말했지요.

"그대들의 조언을 듣고자 하오. 어떻게 하면 우리가 이번 전투에서 승리할 수 있을것 같소?"

항우는 싸움이 끝나면 부하들의 의견을 묻지 않고 자신의 실력을 뽐냈어요. 게다가 자만심이 넘쳐서 다른 사람의 의견은 들으려고 하지도 않았어요. 반면에 유방은 자신의 부족한 점을 잘 알고 있었어요. 그래서 언제나

부하들의 의견을 물었지요. 부하들의 조언을 귀 기울여 들었고, 그 조언이 옳으면 주저 없이 따랐어요. 그리고 부하들의 능력에 맞는 임무를 주어 모두가 무리 없이 자신에게 맡겨진 일들을 잘할 수 있도록 했지요. 유방의 경청하는 태도와 부하에 대한 믿음은 부하들에게 목숨을 아끼지 않고 유방을 믿고 따르게 했어요.

사실 유방의 부하 가운데 싸움을 잘하는 한신은 원래 항우의 부하였어요. 항우의 부하였을 때에도 한신은 항우에게 전쟁에서 승리할 수 있는 조언을 자주 했지요, 하지만 항우는 그의 말을 귀담아듣지 않고 자기의 생각만 믿었어요. 그래서 항우에게 크게 실망한 한신이 항우의 곁을 떠나 유방의 부하가 된 거예요.

유방은 적의 부하였던 한신을 흔쾌히 받아 주었어요. 게다가 그가 훌륭한 부하가 될 것임을 알아차리고 단번에 큰 임무를 맡겼어요. 유방이 자신을 믿어 주고 아끼는 것에 크게 감동한 한신은 이에 보답하기 위해 더욱 열심히 싸웠고, 유방이 전쟁에서 승리하는데 큰 역할을 하게 되었지요.

이렇듯 군사들의 신뢰와 존경을 받은 유방은 점점 더 세력이 커졌고, 결국에는 항우와의 전쟁에서 승리하게 되었어요. 하지만 부하들의 말에 귀 기울이지 않았던 항우는 결국 유방에게 지고 말았어요.

리더가 되어 친구들을 이끌어 본 적이 있나요? 유방과 항우의 이야기에서 알 수 있듯이 경청할 줄 아는 훌륭한 리더가 팀을 잘 이끌어 나갈 수 있어요. 유방과 항우의 듣는 태도를 본보기로 삼아 주변 사람들의 말에 귀 기울일 줄 아는 지혜를 가진 멋진 어린이가 되어 보세요.

경청하는 사람은 무엇이 다를까요?

❋ 자기 의견만 내세우지 않아요

경청하지 않는 사람은 자신이 하고 싶은 대로 행동하고, 자신의 생각만 내세우고, 자신의 의견을 반대하는 친구들의 의견을 무시해요. 하지만 경청하는 사람은 자신의 의견만 고집하지 않고 다른 친구들의 생각도 소중히 여겨요. 모두에게 더 좋은 결과를 최우선 순위로 두고 항상 고민하기 때문이지요.

❋ 나보다 더 나은 친구들을 인정해요

때로는 나보다 더 좋은 의견을 가진 친구들이 있을 수 있어요. 이런 친구들과 함께하면 마음이 든든하지요. 경청하는 사람은 자신의 부족한 점을 인정하고 자신보다 더 나은 친구들에게 도움을 요청하는 것을 부끄러워

하지 않아요. 친구들의 도움에는 "부족한 부분을 도와줘서 고마워!"라고

인사하는 것도 잊지 않지요.

❄ 친구의 의견에 귀 기울여요

"내가 시키는 대로만 해!"라고 말하는 친구에게는 아무 이야기도 하고 싶

지 않지요? 경청하는 사람은 친구들 덕분에 내가 있음을 알고 친구들의

이야기에 귀를 기울여요. 또한 친구들의 이야기를 듣고 친구가 하고 있는

고민이나 일이 잘 해결될 수 있도록 도와주지요.

샘 월튼

· 꿈을 이뤄 주는 듣기

샘 월튼이 루이지애나 주의 한 도시인 크롤리에 있는 월마트를 방문했어요. 월마트의 창업자인 월튼은 전용 비행기를 타고 다니며 미국 곳곳에 있는 월마트를 둘러보곤 했지요.

월튼이 월마트 크롤리점의 문을 열고 들어섰을 때였어요. 문 앞에 서 있던 한 직원이 월튼에게 인사를 했어요.

"안녕하십니까? 이곳에 오셔서 기쁩니다. 궁금하신 것이 있으면 제게 말씀해 주십시오."

갑작스러운 인사에 당황한 월튼이 직원에게 물었어요.

"혹시 내가 누군지 알고 인사를 건넸나요? 난 당신을 처음 봅니다만……."

"아니요. 저는 저희 지점을 방문하신 손님 누구에게나 인사를 건네고 있습니다."

직원의 말에 월튼은 깜짝 놀랐어요. 문 앞에서 인사하는 직원을 본 것은 난생처음이었거든요. 월튼은 그 직원에게 말했어요.

"그렇군요. 나는 샘 월튼입니다. 왜 이렇게 인사를 하는지 그 이유를 듣고 싶군요."

이번에는 직원이 깜짝 놀랐어요. 월마트의 회장님을 직접 본 것은 처음이었기 때문이지요.

"네, 회장님. 제가 이렇게 인사를 하게 된 이유는……."

직원은 월튼에게 마트의 이야기를 들려주었어요.

몇 달 전, 크롤리 지점의 책임자인 댄 매칼리스터는 골머리를 앓고 있었어요. 사람들이 마트에서 물건을 몰래 훔쳐 가는 일이 자주 일어나고 있었기 때문이었어요. 하지만 딱히 해결 방법을 찾지 못해 애만 태우고 있었지요.

'사람들이 물건을 들고 나가지 못하게 감시를 하고 싶지만, 감시인을 두면 상점의 고객들이 불쾌해하겠지? 고객들을 겁먹게 만들긴 싫은데, 물건을 훔치면 안 된다는 경고는 하고 싶단 말이야. 어떻게 하면 좋을까?'

고민 끝에 댄은 문 앞에 직원을 세워 놓고 들어오는 사람들에게 인사를 하게 했어요. 그렇게 하면 고객들은 직원이 감시하고 있다는 사실을 모를 테고, 인사를 받아 기분이 좋아질 거라고 생각했던 거예요. 반면에 물건을 훔쳐 가려고 나쁜 마음을 먹고 온 사람들은 문 앞에 서 있는 직원 때문에 물건을 훔치지 못하게 될 거라고 생각했지요.

"그래서 제가 이렇게 서서 인사를 하게 된 것이지요."

직원의 이야기를 들은 월튼은 고개를 끄덕였어요.

"아주 좋은 생각이군요. 그런 생각을 하다니 정말 대단해요!"

직원의 이야기를 들은 월튼은 노란색 메모지를 꺼내서 재빨리 메모를 했어요. 월튼은 노란색 메모지를 들고 다니면서 메모하는 습관이 있었는데, 특히 직원들의 생각을 듣고 메모하는 일이 많았지요. 가장 좋은 아이디어는 언제나 직원에게서 나왔었거든요.

좋은 아이디어를 얻어 낸 월튼은 벨턴빌의 본사로 돌아와 임원들을 불러 놓고 크롤리 지점의 이야기를 들려주며 의견을 내었어요.

"크롤리 지점처럼 전국의 모든 월마트 상점의 문 앞에 직원을 두도록 합시다."

"오, 정말 좋은 생각이네요!"

"크롤리 지점이 정말 대단한 생각을 했네요! 전 찬성입니다."

임원들의 반응은 대체적으로 좋았어요. 하지만 모든 임원의 반응이 좋은 것은 아니었어요.

"문 앞에다가 직원을 세워 두자고요? 아니, 겨우 인사만 시키려고 직원을 뽑다니……. 비용 낭비 아닌가요?"

"물론 비용 낭비라고 생각할 수도 있어요. 하지만 문 앞에 직원을 두는 것은 분명 긍정적인 효과를 가지고 올 겁니다!"

임원들의 반대에도 불구하고 월튼은 끈질기게 주장하였어요. 그리고 전국의 모든 월마트의 문 앞에 인사하는 직원을 세워 두었지요.

"안녕하십니까? 고객님, 찾아주셔서 감사합니다!"

인사하는 직원을 둔 것은 놀라운 효과를 거두었어요. 물건을 몰래 가져가는 사람은 줄었고, 고객들은 직원의 인사 덕분에 기분이 좋아졌지요. 매출이 오르는 것은 당연한 일이었고요.

그 후 월마트의 소문을 들은 다른 마트들도 월마트를 따라 마트 문 앞에 인사하는 직원들을 두게 되었답니다.

최고가 된 위인

샘 월튼은 세계적인 유통 기업인 월마트의 창업자예요. 그는 시골의 작은 상점에서 시작하여 미국 곳곳에 월마트를 세워 운영했어요. 그리고 크게 성공하여 지금은 세계 곳곳에서 월마트를 볼 수 있게 되었지요.

월튼이 월마트를 성공시킬 수 있었던 성공 원칙 중에 한 가지는 '모든 직원들의 말에 귀를 기울여라.'였어요. 마트에서 고객을 직접 대하는 직원들이야말로 현장에서 무슨 일이 일어나는지 정확히 알 수 있는 사람들이라고 생각했거든요. 월마트를 잘 운영하기 위해 직원들의 말에 귀를 기울이는 것이 가장 중요하다고 생각한 월튼은 노란색 메모 수첩을 들고 다니며 방문한 지점의 현장 직원들의 이야기를 듣고 꼼꼼히 메모했어요.

월튼은 전용 비행기를 타고 지점을 방문할 때면 마트에서 조금 떨어진 곳에 비행기를 세운 후, 그 지점의 트럭을 얻어 타고 마트에 가고는 했어

요. 그러면서 가는 길에 트럭 기사에게 이렇게 묻고는 했지요.

"요즘 일은 어떠십니까?"

그러면 트럭 기사는 그 지점에서 벌어지고 있는 일에서부터 시작하여 이런저런 이야기를 들려주었어요. 월튼은 트럭 기사의 이야기를 듣기 위해 일부러 마트에서 떨어진 곳에서 내렸던 거예요.

월튼이 직원들의 말에 귀 기울이는 방법은 이뿐만이 아니었어요. 토요일이면 언제나 회의를 열어 직원들과 토론을 했는데, 월튼의 수첩에는 언제나 회의할 안건이 가득 적혀 있었지요. 하지만 월튼은 혼자서 회의를 이끌어 나가지는 않았어요. 회의가 시작되면 월튼은 회의에 참여한 사람들 가운데 한 명을 가리키며 말했어요.

"당신이 좋겠군요. 오늘 회의는 당신이 이끌어 나가십시오."

그러면 지목당한 사람이 그날의 회의를 이끌어 나가야 했지요. 그날그날 회의를 진행하는 사람에 따라 회의 분위기는 달라졌어요. 그리고 가끔은 이런 회의에서 아주 기발하고 놀라운 아이디어가 나올 때도 있었지요. 월튼은 회의를 통하여 직원들의 의견을 듣고, 그 의견을 존중하여 월마트를 경영하는 데 참고하였어요.

또한 월튼은 직원을 부를 때 직원이란 말 대신에 동료라는 말을 사용했어요. 월마트를 혼자서 이뤄 낸 것이 아니라 수많은 직원들과 함께 이룬 것이라고 생각했기 때문이었어요. 월튼은 정직원이 아닌 직원에게도 똑같이 대우를 해 주었고 회사의 이익을 함께 나누려고 했어요.

그뿐만이 아니었어요. 월튼은 직원들의 이름을 외우는 데도 도사였어요. 기업의 회장이지만 항상 편안하게 직원의 이름을 부르며 동료처럼 대해 주었어요. 그래서 월마트의 직원들은 그를 오랜 친구를 대하듯 친근하게 대할 수 있었고, 월마트에 대한 좋은 아이디어가 생각나면 자유롭게 말할 수 있었지요.

월튼은 직원들의 말을 경청했고 그들의 생각을 항상 메모했어요. 그래서 월마트의 직원들은 각자가 월마트의 주인처럼 책임감 있게 월마트를 운영하려고 노력했지요. 샘 월튼의 이러한 경청의 힘이 월마트를 세계적인 기업으로 성장시킬 수 있도록 도와준 거예요.

여러분도 경청을 통해서 자신의 꿈이나 목표를 이루는 데 한발 앞으로 나아갈 수 있어요. 여러분은 어떤 사람이 되고 싶나요? 내 주변에 있는 사람들은 모두 나의 꿈을 키울 수 있는 많은 조언을 들려줄 수 있어요. 주변을 둘러보고 내 꿈을 이룰 수 있도록 도와줄 전문가를 찾아보고, 꿈을 이루기 위한 듣기를 해 보세요.

꿈을 이루기 위한 듣기는 어떻게 하나요?

☀ 전문가에게 이야기를 들어요

내가 가진 꿈을 이루기 위해서는 우선 그 분야가 어떤 곳인지 자세히 아는 것이 중요해요. 현재 그 분야에서 일하고 있는 사람들에게 내 꿈과 관련된 다양한 이야기를 들어 보세요. 계급이 높은 사람부터 낮은 사람까지, 한 분야에서 다양한 위치에서 일하는 사람들의 이야기는 여러분의 꿈을 이루게 하는 원동력이 되어 줄 거예요.

☀ 전문가의 조언을 메모하며 들으세요

샘 월튼은 언제나 노란색 메모 수첩을 들고 다니며 사람들의 이야기를 받아 적었어요. 내 꿈을 이루기 위한 조언을 들을 때 중요하다고 생각되는 부분들은 메모하며 들어 보세요. 전체 문장을 받아 적기보다는 핵심이 되는 짧은 단어나 간단한 그림으로 메모하면 상대방의 이야기를 놓치지 않고도 메모할 수 있어요. 이때 주의할 점은 시간이 흘러도 알아볼 수 있게 중요한 것만 메모하는 거예요.

✿ 전문가의 말을 생활 속에서 가까이하세요

전문가에게 들은 말 중에서 기억하고 싶은 말을 종이에 적어 보세요. 잘 보이는 곳에 붙여 놓고, 매일매일 그 말을 되새겨 보세요. 그러면 어느새 전문가의 말을 실천하고 있는 나를 만나 볼 수 있을 거예요. 한걸음부터 천천히 내 꿈을 위한 조언을 가까이하면 꿈을 더 빨리 이룰 수 있답니다.